14. Frühstücke stets ausgiebig, denn die Ermittlungen lassen dir vielleicht keine Zeit für weitere Mahlzeiten.

15. Ein Detektiv fürchtet nichts und niemanden.

16. Sei ein Chamäleon. Passe dich deiner Umgebung an, das ist die beste Tarnung.

17. Ein Detektiv handelt niemals ungesetzlich. Außer, die Umstände erfordern es.

18. Auch das Offensichtliche darf man nicht aus den Augen verlieren.

19. Ziehe keine voreiligen Schlüsse.

20. Ein kluger Detektiv weiß, wann er die Klappe halten muss.

21. Ein Detektiv kümmert sich nicht um die Vergangenheit, sondern schaut stets nach vorn.

22. Vergewissere dich vor Aufnahme der Ermittlungen, ob die Opfer des Verbrechens zuerst Hilfe benötigen.

23. Ein Detektiv kommt niemals zu spät.

24. Um erfolgreich zu ermitteln, muss ein Detektiv die eigenen Vorlieben zurückstellen können.

25. Sei dem Täter stets eine Nasenlänge voraus.

26. Beweismittel sind nicht zum Verzehr bestimmt.

27. Ein Detektiv gibt sich nicht mit übernatürlichen Erklärungen zufrieden.

28. Formuliere deine Fragen so, dass sie die Antwort der Zeugen möglichst wenig beeinflussen.

29. Ein guter Detektiv erkennt, wann er mit seinem Latein am Ende ist.

30. Ein Detektiv macht selten Fehler. Aber wenn doch, muss er sie eingestehen können.

JANA SCHEERER

GEISTER SIND UNSER GESCHÄFT

AUS DEN AKTEN DER DETEKTEI DONNERSCHLAG

Mit Illustrationen von
Uwe Heidschötter

Außerdem von der Autorin bei WooW Books erschienen:

Gefahr ist unser Geschäft. Aus den Akten der Detektei Donnerschlag (Bd. 1)
Als meine Unterhose vom Himmel fiel

1. Auflage 2020
© Atrium Verlag AG, Imprint WooW Books, Zürich 2020
Originalausgabe
Alle Rechte vorbehalten
Text: Jana Scheerer
Cover und Illustrationen: Uwe Heidschötter
Der Illustrator dieses Werkes wurde vermittelt durch Paula Peretti,
Literarische Agentur, Köln.
Druck und Bindung: GGP Media GmbH, Pößneck
Satz: Dörlemann Satz, Lemförde
ISBN 978-3-96177-062-5

www.woow-books.de
www.instagram.com/woowbooks_verlag

Kapitel 1

In dem ich dem Hilferuf einer Dame in Not folge, einen neuen Fall wittere und vergesse, den Müll mit rauszunehmen.

Es war ein Tag wie Aalsuppe: feucht, trüb und voller unangenehmer Überraschungen. Seit Tagen hatte es nicht aufgehört zu regnen. Ich saß in meiner langweiligen Detektei, lauschte dem langweiligen Prasseln der Tropfen und tippte gelangweilt auf meiner Schreibmaschine. Dabei behielt ich die Uhr im Blick. Meine Kollegin Trix Dobbsen hatte sich mit dem 15-Uhr-Zug aus Humbug angekündigt, um mit mir und unserer Partnerin Wiebke Jansen meinen heutigen Geburtstag zu feiern. Ich freute mich schon darauf, bei Kuchen und Kakao in den Erinnerungen an unseren letzten Fall zu schwelgen. Das verstieß zwar gegen meine Detektiv-Regel Nummer 21: *Ein Detektiv kümmert sich nicht um die Vergangenheit, sondern schaut stets nach vorn,* aber zurzeit war leider kein neuer Fall in Sicht, egal, wie scharf ich auch nach vorne schaute.

Am Haken an der Wand hingen mein Hut und mein Mantel und schienen genauso sehnsüchtig auf einen Einsatz zu warten wie ich.

Ein energisches Klopfen setzte meinen Überlegungen ein jähes Ende. Ich horchte auf. Stand da etwa ein Fall vor der Tür?

»Ja bitte?«, rief ich mit fester Stimme.

Doch es war nur meine Sekretärin. Auf der linken Hand balancierte sie eine Kuchenplatte mit einem saftigen Zitronenkuchen. Den schneeweißen Zuckerguss zierte ein Detektivhut aus braunem Marzipan.

Ich kombinierte: Sie wollte ihrem hart arbeitenden Chef zum Geburtstag eine Freude bereiten. Gerührt zwinkerte ich ihr zu. »Du verwöhnst mich, Schätzchen!«

Ihre wohlgeformte rechte Augenbraue hob sich so weit nach oben, dass sie an der Deckenlampe hängen zu bleiben drohte.

»Ich hab mich wohl verhört! *Schätzchen?*«

»Äh, *Oma* meine ich natürlich.«

Ihre Augenbraue entspannte sich, nur um einen Moment später wieder hochzuschnellen.

»Was tippst du denn da schon wieder für einen Quatsch auf der Schreibmaschine zusammen, Harald? Wisch lieber den Tisch ab, damit ihr hier nachher anständig Geburtstag feiern könnt! Ich versteh einfach nicht, warum du unbedingt in deiner kalten, ungemütlichen Detektei mit den beiden Kuchen essen willst. Nee, nee, nee, nee. Hast du überhaupt genug Sitzgelegenheiten für deine Gäste?«

Ich sah mich um. »Äh … nein.«

»Eben. Du kannst die alten Küchenstühle nehmen, die in dem kleinen Kellerraum nebenan stehen. Und denk dran, dass du um drei Trix vom Bahnhof abholen musst. Am besten nimmst du dann gleich den Müll mit raus, nä?«

»Alles klar, Oma.«

Sie setzte den Kuchen auf meinem Schreibtisch ab. »Euren Kakao stelle ich in den Kühlschrank. Ich bin dann mal oben, nä?«

»Ist gut, Oma!«

Okay, okay, okay, ich gebe es zu: Ich hatte natürlich keine Sekretärin. Meine Detektei bestand noch immer bloß aus ein paar alten Möbeln in unserem Keller. Aber wenigstens sagte mir meine Großmutter nicht mehr täglich, dass ich den »blöden Hut« abnehmen sollte. Und sie drohte auch nicht mehr ständig damit, meine Detektei zu schließen. Nur, wenn ich mal wieder eine Fünf in Mathe mit nach Hause brachte.

Als sie weg war, holte ich die beiden alten Stühle und stellte sie in meine Detektei. Dann setzte ich mich wieder an meine Schreibmaschine und tippte: `langweilig, langweilig, langweilig` …

Ich war gerade beim fünfundzwanzigsten `langweilig` angekommen, als ein markerschütternder Schrei die Stille durchschnitt.

»Iiiiiiiiiiiiiiiiiiiieh! Was ist denn das? Harald!«

Ich sprang auf und stürmte in die Küche.

Dort stand meine Großmutter – blass wie ein verschreckter Käsekuchen. »Harald, das … das … das Wasser …«, stammelte sie und zeigte auf den Wasserhahn.

Hätte ich meinen Hut aufgehabt, wäre er mir bei diesem Anblick vor Überraschung hochgegangen: Aus dem Hahn lief grellgrünes Wasser! Es war so penetrant neonfarben, dass es beinahe zu leuchten schien. Vorsichtig näherte ich mich der Spüle.

»Achtung, das Wasser ist sicher giftig!«, rief meine Großmutter.

Ich holte unter der Spüle die gelben Putzhandschuhe hervor und zog sie über. Dann hielt ich meinen Zeigefinger unter den Wasserstrahl, führte die Hand zur Nase und schnupperte. Das grüne Wasser, das aus dem Hahn lief, roch nach – Hähnchen! Schnell drehte ich den Wasserhahn zu.

»Verstehst du das, Harald?« Meine Oma zitterte. »Wieso ist denn das Wasser plötzlich grün?«

Darauf hatte ich leider auch keine Antwort. In meinem Kopf befanden sich nur Fragen: Waren wir der einzige Haushalt, bei dem grünes Wasser mit einem seltsamen Geruch aus der Leitung kam? Wie entstanden die Färbung und das Aroma? Handelte es sich um einen Unfall oder um eine bewusste Manipulation? Wer war dafür verantwortlich?

»Kann ich dich einen Moment alleine lassen?«, fragte ich meine Großmutter. Meine Detektiv-Regel Nummer 22 lautet nämlich: *Vergewissere dich vor Aufnahme der Ermittlungen, ob die Opfer des Verbrechens zuerst Hilfe benötigen.*

Meine Großmutter wischte sich einige Schweißperlen von der Stirn. »Mit mir ist alles in Ordnung, glaub ich.«

»Super, bis gleich!« Ich rannte hinunter in meine Detektei, platzierte meinen Hut auf dem Kopf, zog den Mantel an, steckte meinen Notizblock und mein Mobiltelefon in die Tasche und sprang die Treppe hoch. Auf dem Weg zurück in die Küche schaute ich im Badezimmer vorbei und kontrollierte das Wasser am Waschbecken und in der Dusche. Es war genau wie in der Küche – Farbe: Grün, Aroma: Hähnchen. Mit meinem Telefon machte ich ein kurzes Video davon, wie das grüne Nass aus Hahn und Brause lief. Zur Beweissicherung.

Zurück in der Küche, drehte ich den Wasserhahn an der Spüle wieder auf. Das Wasser hatte die gleiche grüne Färbung wie vorhin und roch jetzt noch stärker nach Hähnchen. Auch hier machte ich eine kurze Filmaufnahme.

Die Standuhr schlug.

»Nee, nee, nee, nee«, jammerte meine Großmutter, »schon halb drei. In eineinhalb Stunden ist Onkel Freddie da, um mich abzuholen, aber mit dem grünen Wasser kann ich euch doch gar nicht hier alleine lassen.«

»Doch, Oma, kannst du«, versicherte ich ihr mit beruhigend tiefer Stimme. »Verbring mal schön die Osterfeiertage mit Onkel Freddie. Außerdem sind Trix und ich ja nicht allein. Heute Abend kommt schließlich Magnus.« Sie hatte extra meinen großen Bruder aus Humbug herbestellt, damit er auf Trix und mich aufpassen konnte. Das war natürlich vollkommen unnötig.

Meine Großmutter seufzte. »Na gut. Und am Ostermontag bin ich ja schon wieder da.«

»So ist es«, stimmte ich ihr zu. »Es besteht also überhaupt kein Grund zur Sorge.« Schnell drückte ich ihr einen Kuss auf die Wange. »Gute Reise und viel Spaß, Oma.«

»Danke, Harald, aber …«

»Ich muss jetzt dringend los zum Bahnhof. Perfekt, dass Trix gerade heute kommt.«

Meine Oma seufzte noch mal. »Harald, das ist bestimmt kein …«

Mit neunundneunzigprozentiger Sicherheit ging dieser Satz mit »… Fall für euch« weiter, aber ganz genau weiß ich es nicht.

Denn ich war längst draußen, unterwegs im Ruckelnser Regen, mit einer Mission: das Rätsel des grünen Wassers aufzuklären.

🐾 Kapitel 2

In dem ich eine Zeugenbefragung per Fahrrad mache, keine Katze geschenkt bekomme und zwei unterschiedliche Zwillinge kennenlerne.

Meine Detektiv-Regel Nummer 23 lautet: *Ein Detektiv kommt niemals zu spät.* Also schwang ich mich auf mein Fahrrad und trat ordentlich in die Pedale. Wie so oft hatte ich Gegenwind. Aber immerhin wurde der Regen schwächer und hörte irgendwann ganz auf.

Unterwegs sah ich mich nach Passanten um, die ich nach der Farbe ihres Leitungswassers befragen konnte. Als Erste entdeckte ich Frau Hinnerksen, die beste Freundin meiner Großmutter. Sie schloss gerade das Tor ihres Vorgartens hinter sich und stieg auf ihr Rad.

»Moin, Frau Hinnerksen«, rief ich ihr zu, »kommt bei Ihnen zufällig grünes Wasser aus dem Hahn?«

»Genau, Harald, giftgrünes!« Frau Hinnerksen winkte mir fröhlich zu. Sie liebte Sensationen jeder Art. »Und es riecht nach Hähnchen! Nebenan in Frau Sörensens Apotheke ist aber alles normal.«

»Nebenan ist das Wasser nicht grün?« Ich bremste, blieb stehen und notierte mir das.

»Ja, Harald, ist das nicht seltsam? Ich fahre jetzt gleich mal ins Rathaus zu Frau Schuhpisser, um mich über das grüne Wasser zu beschweren. Als Bürgermeisterin ist sie dafür ja wohl zuständig, nä? Und anschließend sage ich Frau Jansen wegen ihrer Schafe Bescheid. Das ist ja auch richtig schlimm, nä? Tschüs, Harald!«

»Was ist denn mit Jansens Schafen?«, hakte ich nach, doch Frau Hinnerksen war schon davongefahren und hörte mich nicht mehr.

Während ich weiterradelte, dachte ich über die neuesten Entwicklungen nach. Wenn auch bei Frau Hinnerksen grünes Hähnchenwasser aus der Leitung kam, waren vermutlich noch mehr Haushalte betroffen. Aber warum war nebenan bei Frau Sörensen das Wasser nicht grün? Zu den beiden Gebäuden führte sicherlich eine gemeinsame Wasserleitung. Wenn Frau Hinnerksen grünes Wasser hatte, Frau Sörensen aber nicht, musste der Grund dirckt in der Zuleitung zu Frau Hinnerksens Haus liegen.

Und zu unserem eigenen auch.

Um ein Bild von der Verbreitung des grünen Wassers zu bekommen, rief ich beim Fahren allen Passanten zu: »Moin, ist bei Ihnen das Wasser grün?«

Circa die Hälfte der Leute antwortete mit »Ja«, die andere

Hälfte schaute mich entweder verständnislos an oder sagte »Zum Glück nicht!« Bei denen, die ich kannte, notierte ich mir im Kopf den Namen.

Als ich schließlich den Bahnhof erreichte, war ich heiser und vollkommen außer Atem. Ich hatte mich so beeilt, dass ich fünf Minuten zu früh war. Also nutzte ich die Zeit, um meine Umfrage auszuwerten. Ich holte mein Mobiltelefon aus der Manteltasche. »Trix«, sprach ich hinein, »markiere folgende Adressen.«

»In-Ordnung-Harald«, antwortete aus meinem Telefon eine Stimme, die sehr nach Trix klang.

Ich lachte zufrieden. Trix hatte bei unserem letzten Fall ihren Sprachassistenten in »Harald« umgetauft und mit meiner Stimme versehen. Dafür musste ich mich natürlich revanchieren. Wiebke hatte mir dabei geholfen. Sie kannte sich zwar auch nicht so gut mit Technik aus wie Trix, aber zusammen hatten wir es einigermaßen hinbekommen.

»Also, Trix, hör zu.« In mein Telefon sprach ich die Anschriften der Leute, die mir auf der Straße mitgeteilt hatten, dass ihr Wasser grün war.

»Die-Adressen-sind-markiert-Harald.«

»Danke, Trix.«

Die Karte auf meinem Handy zeigte, dass die betroffenen Haushalte kreuz und quer über Ruckelnsen verteilt waren. Als Gegenprobe gab ich auch die Adressen derjenigen Leute ein, bei denen das Wasser nicht grün war. Und tatsächlich: Genau wie im Fall von Frau Hinnerksen und Frau Sörensen lagen die Häuser und Wohnungen mit und ohne grünes Wasser oftmals direkt nebeneinander.

Ich steckte mein Mobiltelefon ein. Was hatte das alles zu bedeuten? Und was war mit Jansens Schafen los? Hatten sie vielleicht von dem grünen Wasser getrunken und es nicht vertragen? Ich nahm mir vor, gleich mit Trix am Deichabschnitt 23 vorbeizugehen. Dort, etwas abseits gelegen, weideten Jansens Schafe zurzeit.

»Es fährt ein: Regionalbahn aus Humbug«, verkündete der Lautsprecher, »dieser Zug endet hier.«

Der rote Zug zuckelte heran und kam mit einem angeberischen Quietschen zum Stehen. Leise piepend öffneten sich die Türen. Ein paar ältere Damen, ein Ehepaar mit Fahrrädern und eine Familie mit ihrem ungefähr fünfjährigen Sohn stiegen aus. Ich kombinierte: Es handelte sich um Touristen, die ihren Urlaub im *Juwel am Schlick* verbringen wollten. Diese Bezeichnung hat sich unsere Bürgermeisterin Frau Schuhpisser ausgedacht, um Touristen in den Ort zu locken. Frau Schuhpisser übertreibt gerne. Ruckelnsen ist alles andere als ein Juwel. Das mit dem Schlick stimmt allerdings. Wenn das Meer sich bei Ebbe zurückzieht, liegt vor Ruckelnsens Küste eine riesige Fläche aus diesem braunen, matschigen, stinkenden Zeug.

»Harald! Hallo!« Trix stieg aus der hintersten Tür des letzten

Waggons. Wie immer war sie in einen schwarzen Anzug mit passender Fliege und einem roten Einstecktuch gekleidet. Sie hatte einen schwarzen Leinenbeutel mit der Aufschrift *Humbug!* dabei. Außerdem schleppte sie einen kleinen braunen Lederkoffer und einen riesigen weißen Korb mit. Ich kombinierte: Es konnte sich nur um einen Präsentkorb handeln, der mit den verschiedensten Leckereien gefüllt war. Gerührt eilte ich Trix entgegen.

Kaum dass ich bei ihr angekommen war, überreichte sie ihn mir auch schon. »Herzlichen Glückwunsch zum Geburtstag, Harald!«

Der Korb war verdammt schwer. »Danke, Trix, aber die Geschenke müssen warten. Wir haben nämlich einen neuen F…«

»Miau!«, tönte es aus dem Korb.

Miau?

»Äh, Trix? Meine Oma und ich haben bereits eine Katze, dieser Fakt ist dir doch bekannt, oder?«

Trix rückte ihre Fliege zurecht. »Natürlich, ich habe Miss Moneypenny ja extra mitgebracht, damit Fräulein Karnelia Gesellschaft hat. Die beiden kennen sich schließlich seit unserem letzten Fall und wollen sich bestimmt gerne mal wiedersehen.«

»Öhm … ah ja, verstehe. Gute Idee.« Ehrlich gesagt war Fräulein Karnelia alles andere als gesellig. Ihr einziger Kontakt zu anderen Katzen bestand darin, den dicken Kater von nebenan zu vermöbeln. »Tjaaaaa… da wird Fräulein Karnelia sich aber freuen«, behauptete ich. »Und übrigens hat unsere Detektei einen neuen …«

»Das bezweifele ich, alle Katzen sind Einzelgänger«, sprach eine näselnde weibliche Stimme dazwischen.

»Oh nein, nicht schon wieder die beiden!«, flüsterte Trix.

Ich wandte mich um. Hinter uns standen zwei zierliche Frauen, die offenbar gerade aus der mittleren Tür des letzten Wagens gestiegen waren. Die beiden hatten eine karierte Reisetasche dabei, aus der eine Leselampe mit grünem Schirm herausragte – ein Teil, wie man es normalerweise zu Hause auf dem Schreibtisch stehen hat. Nicht gerade praktisch für eine Reise. Noch auffälliger als ihr Gepäck waren die Frauen selbst. Sie trugen identische grüne Kleider und glichen sich auch sonst wie ein Ei dem anderen. Nein, korrigierte ich mich, sie sahen sich sogar um einiges ähnlicher, als Eier das für gewöhnlich tun. Beide hatten weit auseinanderstehende wasserblaue Augen, ein blasses Gesicht, hohe Wangenknochen und eine elegante schmale Nase, auf der je eine schwarze, eckige Brille saß. Ihre kinnlangen dunklen Haare waren so exakt geschnitten, als hätte der Friseur dazu ein Geodreieck benutzt. Lediglich die rot geschminkten Münder zeigten einen Unterschied: Während die eine Frau lächelte, sah die andere aus, als hätten ihre beiden Mundwinkel eine dringende Verabredung unter dem Kinn. Sie holte eine E-Zigarette hervor, zog lässig daran und pustete mir den süßlichen Dampf ins Gesicht.

»Die Katzen werden sich garantiert gegenseitig die Augen auskratzen«, verkündete sie.

Trix presste die Lippen aufeinander.

»Es gibt sicher auch Katzen, die Gesellschaft zu schätzen wissen, Klara«, sagte die andere Frau. »Hör doch endlich auf, Trix damit aufzuziehen.« Ihre Stimme klang dunkel und sanft. Sie beugte sich zu Miss Moneypennys Katzenkorb herunter. »Du freust dich auf deine kleine Katzenfreundin, was? Pspspspsps!«

Die Katze fauchte sie an.

Erschrocken zog die Frau den Kopf zurück. Sie ließ die Mundwinkel sinken, während die ihrer Schwester nach oben schnellten. Die beiden erinnerten mich an die Pole einer Batterie, die niemals beide positiv oder beide negativ geladen sein können.

Trix seufzte tief. »Harald, das sind Klara Schwartz« – sie zeigte auf die Frau mit der E-Zigarette – »und Aurora Schwartz. Wir saßen während der Fahrt im selben Abteil.«

Klara sah Trix herausfordernd an. »Bis die liebe Trix sich von uns weggesetzt hat. Angeblich, weil ihrer Katze die Zugluft in unserem Abteil nicht bekam. In Wirklichkeit sind wir ihr wohl einfach zu sehr auf die Nerven gefallen.«

»Stimmt«, stellte Trix trocken fest. »Und das ist Harald Donnerschlag.«

Aurora lächelt mir zu. »Hallo, Harald.«

Klara musterte mich, als wäre ich eine Nacktschnecke im Teigmantel.

»Herzlich willkommen in Ruckelnsen, dem Juwel am Schlick!«, sagte ich höflich. »Leider ist bei uns zurzeit das Leitungswasser grün, aber das werden wir in Kürze aufgeklärt haben.«

»Interessant«, bemerkte Klara unbeeindruckt.

Aurora hingegen riss erschrocken die Augen auf. »Grünes Wasser? Bist du sicher? Bist du vollkommen sicher? Es ist wirklich … grün?« Sie fasste sich an die Stirn, als hätte sie plötzlich furchtbare Kopfschmerzen.

Klara hakte sich bei ihr unter. »Alles in Ordnung, Auroralein?«

Aurora atmete schwer. Sie nickte langsam. »Ja, ja. Alles in Ordnung.«

Allerdings wirkte sie ganz und gar nicht so, als ob auch nur irgendetwas in Ordnung wäre.

Trix zupfte an ihrer Fliege. »Das Leitungswasser ist echt grün, Harald?«

»Ja. Neongrün«, bestätigte ich, »und es hat ein eher unappetitliches Hähnchenaroma. Doch das Problem wird bald behoben sein.«

»Hähnchenaroma?« Aurora schüttelte den Kopf. »Das passt allerdings nicht dazu.«

»Was passt nicht wozu?«, hakte ich nach.

»Ach, nichts.« Aurora wich meinem Blick aus.

»Ist das hier ein Verhör?«, fragte Klara giftig.

»Nee, Harald ist bloß von Natur aus sehr neugierig«, sagte Trix in einem Tonfall, als würde sie über einen kleinen, nervigen Hund sprechen.

Klara nickte. »Das merkt man.«

Fragen zischten durch meinen Kopf wie Silvesterraketen: Was wollten diese Schwestern in Ruckelnsen? Warum hatte Aurora auf die Nachricht über das grüne Leitungswasser so erschrocken reagiert? Und was meinte sie mit *Das passt allerdings nicht dazu*? Das Hähnchenaroma? Wozu passte es nicht? Zu der grünen Färbung des Wassers?

»Faszinierend. Ist er in eine Art Trance gefallen?«, hörte ich Klaras nasale Stimme. »Oder schläft er mit offenen Augen?«

»Das ist ganz normal bei ihm«, antwortete Trix. »Er kombiniert.«

Klara lachte. »Ach so, deshalb auch seine seltsame Kleidung. Spielt er Detektiv, oder was?«

Bevor ich ihr erklären konnte, dass ich nicht Detektiv *spielte*, sondern tatsächlich ein Detektiv *war*, quäkte der Lautsprecher dazwischen: »Auf Gleis zwei steht für Sie bereit: Regionalbahn nach Humbug. Abfahrt 15:15 Uhr.«

Aurora sah den Zug sehnsuchtsvoll an. »Ach, am liebsten würde ich gleich wieder zurückfahren.«

Klara schüttelte den Kopf. »Unsinn, Auroralein, wir ziehen das jetzt durch!«

»Was wollen Sie denn durchz…«, fing ich an, doch Trix zupfte mich am Mantel.

»Sicher wartet deine Oma schon mit dem Geburtstagskuchen, Harald.« Sie hängte den Stoffbeutel über die Schulter und griff sich ihren Koffer. »Wir müssen leider dringend weg. Tschü-hüs! Vergiss Miss Moneypenny nicht, Harald.«

Zahneknirschend schleppte ich den Katzenkorb hinter ihr her. »Ich kann ja verstehen, dass dir die beiden auf die Nerven gehen, Trix. Aber: *Um erfolgreich zu ermitteln, muss ein Detektiv die eigenen Vorlieben zurückstellen können. Das ist meine Detektiv-Regel Nummer 24.*«

»Oh, sorry«, sagte Trix. »Die Regel kannte ich nicht. Werde ich mir gleich notieren.«

Großzügig hörte ich über den spöttischen Tonfall hinweg.

Vor dem Bahnhof setzte ich den Katzenkorb auf meinen Gepäckträger und hängte Trix' Koffer an den Lenker. Dann holte ich mein Mobiltelefon aus der Manteltasche. »Trix, wie kommen wir auf dem schnellsten Weg zum Deichabschnitt 23?«

»Das fragst du mich? *Du* wohnst doch h…«

»Die-Strecke-ist-berechnet-Harald«, wurde Trix von ihrer eigenen Stimme aus meinem Telefon unterbrochen. »Gehe-tausend-Meter-geradeaus-dann-links-abbiegen-und-sieben-hundert-Meter-laufen-kann-ich-sonst-noch-etwas-für-dich-tun.«

Die echte Trix sah mich für einen Moment verständnislos an. Dann lachte sie und klopfte mir anerkennend auf die Schulter – so fest, dass ich beinahe gestolpert wäre. »Das ist wirklich gut, Harald. Die perfekte Revanche.«

Irgendwie war ich enttäuscht. Ein klein wenig hätte Trix sich über meine Retourkutsche ruhig ärgern können.

Stattdessen sagte sie gut gelaunt: »Gehen wir?«

Also gingen wir los.

»Was wollen wir denn überhaupt am Deichabschnitt 23?«, fragte Trix.

»Jansens Schafe …«, fing ich an.

»Miau-hau-hau-hau!«, warf Miss Moneypenny dazwischen.

Ihr schien der Transport per Fahrrad nicht besonders zu gefallen. Trix schob ihr ein paar Kitty-Glitter-Katzensnacks in den Korb und verwandelte so das genervte Miauen in zufriedenes Schmatzen.

Ich nutzte die Ruhe, um Trix detailliert meine bisherigen Ermittlungen im Fall des grünen Leitungswassers darzustellen. Trix hörte konzentriert zu.

»Und laut Frau Hinnerksen stimmt irgendwas nicht mit Jansens Schafen«, beendete ich meinen Bericht. »Vielleicht haben sie von dem Wasser getrunken und es nicht vertragen. Deshalb machen wir jetzt einen kleinen Umweg am Deichabschnitt 23 vorbei. Der ist ganz in der Nähe des Bahnhofs, wir sind gleich da.«

»Miau-hau!«, maunzte es schon wieder dazwischen. Ich drehte mich zum Gepäckträger um – und entdeckte Fräulein Karnelia! Sie lief neben meinem Fahrrad her und miaute laut. Ich konnte es kaum glauben. Bei schlechtem Wetter ging Fräulein Karnelia sonst nie raus.

Aus dem Korb kam ein fröhliches »Miau« zurück. Es klang wie eine Begrüßung.

»Schau mal, Trix, Fräulein Karnelia scheint sich wirklich über den Besuch zu freuen«, sagte ich und zeigte auf die Katze, die sehnsuchtsvoll zu meinem Gepäckträger hochblickte.

»Das kann doch unmöglich von dem grünen Wasser kommen!«, rief Trix.

»Wieso Wasser? Ich rede von Fräulein Karnelia.« Ich wandte mich wieder nach vorne.

Und brauchte keine Erklärungen mehr.

Vor uns lag der Deich. Dort standen die Schafe und kauten lässig wie immer vor sich hin.

Nur dass heute grüne Totenköpfe auf ihrem Fell prangten.

Kapitel 3 ☠

In dem Wiebkes Mutter sich höchst verdächtig verhält, wir einen Tatort untersuchen und unser erstes Beweisstück finden.

Ich stellte das Fahrrad ab und wollte Trix zum Deich hinterherrennen. Doch ein zweistimmiges »Miau-hau!« hielt mich davon ab. Schnell hob ich den Katzenkorb vom Gepäckträger, öffnete das Gitter und ließ Miss Moneypenny heraus. Dann folgte ich Trix.

Die Schafe grasten vor sich hin und wirkten gänzlich unbeeindruckt. Wahrscheinlich hatten sie heute noch nicht in den Spiegel geschaut.

»Da ist ja Schnucki MäcGaffin«, sagte Trix. »Oh nein, es hat auch was abbekommen.«

Was abbekommen war leicht untertrieben. Das Fell des Schafs zierten zahlreiche grüne Totenköpfe. Sogar die Wolle auf seinem Kopf war grün gezeichnet. Ehrlich gesagt stand ihm das Totenkopf-Muster richtig gut. Schnucki sah aus wie ein lässiges Punker-Schaf. Fast erwartete ich, dass es mich gleich um einen Euro anschnorren würde.

»Harald, Trix!« Wiebke rannte auf uns zu. »Ist das nicht schrecklich?«

Hinter ihr stapfte ihre Mutter den Deich herunter. Frau Jansen wirkte ziemlich wütend.

Als die beiden bei uns ankamen, umarmte Wiebke erst mich und dann Trix. »Herzlichen Glückwunsch, Harald.

Schön, dass du da bist, Trix.« Dann wanderte ihr Blick zu den Schafen. Sie schüttelte traurig den Kopf. »Wer macht denn so was? Die armen Tiere.« Ihr standen Tränen in den Augen.

Frau Jansen strich ihr sanft über den Rücken.

»Totenköpfe«, murmelte Wiebke. »Meint ihr, jemand hat was gegen uns? Vielleicht ist es eine Drohung oder so.«

»Das können wir zu diesem Zeitpunkt leider nicht ausschließen«, stimmte ich zu. »Aber möglicherweise richtet sich die Drohung nicht an euch persönlich. Die grüne Farbe der Totenköpfe legt vielmehr einen Zusammenhang mit dem grünen Leitungswasser nahe.«

Wiebke sah mich erstaunt an. »Grünes Leitungswasser?«

»Ja, und Hähnchenaroma hat es außerdem.« Ich holte mein Mobiltelefon heraus und spielte das Video ab, das ich von dem grünen Wasser in unserem Bad gemacht hatte.

Frau Jansen blickte auf den Handybildschirm, atmete hörbar ein und fing an zu husten.

»Alles okay bei dir, Mama?«, erkundigte sich Wiebke.

»Ja, alles in Ordnung.« Frau Jansen keuchte. »Hab mich nur verschluckt.« Sie räusperte sich ein paarmal. »Bist du sicher, dass das Wasser Hähnchenaroma hat, Harald?«

Ich bestätigte das.

»Hm. Das passt eigentlich nicht dazu«, murmelte Frau Jansen vor sich hin.

Ich studierte aufmerksam ihr Gesicht. Sie presste die Lippen aufeinander, und ihre Augen wanderten unruhig hin und her. Es sah aus, als würde sie angestrengt über etwas nachdenken.

»Bei uns ist das Wasser ganz normal«, sagte Wiebke. »Ist es nur bei euch grün, Harald? Oder auch bei anderen Leuten?«

Ich steckte das Telefon zurück in die Manteltasche. »Nach aktuellem Ermittlungsstand sind gleichzeitig circa zehn andere Haushalte betroffen.« Konzentriert betrachtete ich die angesprühten Schafe. »Hm. Totenköpfe sind ein allgemein bekanntes Symbol für Toxikalität.«

»Blök!«, machte Schnucki MäcGaffin.

»Stimmt«, pflichtete auch Trix mir bei, »der Totenkopf bedeutet so viel wie: Vorsicht, giftig!«

Wiebke streichelte Schnucki über den grün bemalten Kopf. »Also meint ihr, dass die Totenköpfe sich auf das grüne Wasser beziehen und zum Ausdruck bringen sollen, dass es giftig ist?«

Ich trommelte mit den Fingern einen langsamen Rhythmus auf meinem Hut. Das erhöht stets meine Kombinierfähigkeit. »Möglicherweise. Allerdings muss das Wasser deshalb nicht tatsächlich giftig sein. Vielleicht will der Täter nur, dass wir dies annehmen.«

»Du, Mama?« Wiebke zupfte ihre Mutter an der Jacke. »Kommst du hier alleine klar? Ich glaube, das ist ein Fall für uns.«

Frau Jansen schüttelte den Kopf. »Nein, Wiebke, das ist

kein Fall für euch. Die Sache ist kein Spaß. Da können Kinder nichts ausrichten.«

Wiebke wurde unter ihren Sommersprossen rot. »Wir sind keine Kinder!«

»Oh doch, keine Diskussion!« Frau Jansen verschränkte die Arme vor der Brust.

»Wollen Sie wegen der Schafe die Polizei rufen?«, erkundigte ich mich.

Jetzt bildeten sich auch in Frau Jansens Gesicht rote Flecken. »Nein, das werde ich nicht tun. Ich vermute, dass es sich um Viehkennzeichnungsfarbe handelt, die lässt sich in ein paar Wochen auswaschen. Es gibt also keinen Sachschaden. Wiebke, du fährst nach Hause und hilfst Oma, den Stall sauber zu machen. Hier können wir sowieso nichts ausrichten. Und ich muss jetzt kurz zum Tierfutterhandel. Hab was Dringendes vergessen.«

»Da kann ich dich doch begleiten.«

»Nein, kannst du nicht, Wiebke, sonst werden wir mit dem Stall nie fertig. Ab mit dir!«

»Na gut, ich komme dann später in die Detektei nach.« Wiebke warf uns noch einen genervten Blick zu, dann stieg sie auf ihr Rad und fuhr los.

Ihre Mutter dampfte in die entgegengesetzte Richtung davon.

Als sie außer Hörweite waren, sagte Trix: »Das passt eigentlich nicht dazu.« Sie klang fast wie Frau Jansen.

Mir war sofort klar, was Trix meinte. »Ja, das ist mir auch aufgefallen. Sowohl Frau Jansen als auch Aurora Schwartz haben gesagt, etwas *passe nicht dazu*. Die Frage ist nur: *Was* passt nicht *wozu*?«

Trix zupfte an ihrer Fliege. »Hm. Das Hähnchenaroma passt nicht zu dem grünen Leitungswasser, würde ich sagen. Es klingt fast, als wüssten sie etwas darüber.«

Das sah ich genauso. »Ja, es wirkt ganz so, als ob grünes Leitungswasser ihnen als Idee nicht unbekannt wäre – nur eben ohne Hähnchenaroma. Wobei es schon sehr merkwürdig ist, dass beide ähnlich reagiert haben. Sie kennen sich ja nicht mal, oder? Aber wir sollten jetzt erst mal den Tatort untersuchen.«

Wir fotografierten die Schafe von allen Seiten. Mit der Schere meines Taschenmessers schnitt ich bei Schnucki MäcGaffin eine Locke des grün gefärbten Fells ab. Ich steckte sie in eine der durchsichtigen Plastiktüten, die ich stets zur Verwahrung von Beweismitteln mit mir führe. Anschließend untersuchten wir das Gras Zentimeter für Zentimeter auf Spuren. Leider war zunächst außer jeder Menge Schafsköttel nichts zu finden. Die Schafe sahen uns gelangweilt kauend zu. Ja, Detektivarbeit kann verdammt dröge sein. Ich unterdrückte gerade ein Gähnen, da rief Trix plötzlich: »Huch, was ist das denn?«

Ich rannte zu ihr.

»Ich bin auf irgendwas getreten.« Trix holte ein Taschentuch hervor und hob damit etwas auf. »Hier.« Sie hielt ein kleines, silbrig schimmerndes Döschen in der Hand. Grashalme klebten daran. Trix zeigte auf den Deckel. »Da ist ein Monogramm eingraviert. Die Buchstaben *M.* und *S.*« Sie schüttelte das Döschen. »Vermutlich sind Tabletten drin. Das könnte eine Spur zum Täter sein. Andererseits kann es natürlich auch eine vollkommen unbeteiligte Person hier verloren haben.«

Ich entnahm meiner Manteltasche eine weitere Plastiktüte. »Frau Jansen kann das Döschen schon mal nicht gehören. Sie heißt Jeske mit Vornamen, ihre Initialen sind also *J. J.* Vielleicht weiß Wiebke, ob die Buchstaben *M. S.* zu irgendwem passen, der sich auf diesem Deich um die Schafe kümmert.«

Trix ließ das Beweisstück vorsichtig in die Tüte gleiten. »Wir sollten das Döschen nachher in der Detektei genauestens auf Fingerabdrücke untersuchen.«

Ich steckte die Tüte ein. »Und um das grüne Leitungswasser müssen wir uns auch kümmern.« Es wurde Zeit, dass wir eine echte Spur fanden. Meine Detektiv-Regel Nummer 25 lautet: *Sei dem Täter stets eine Nasenlänge voraus.* Davon konnte gerade keine Rede sein. Wir kannten weder den Täter noch seine Nase und hatten keine Ahnung, was er als Nächstes plante.

Als wir an meinem Fahrrad ankamen, sah Trix sich suchend um. »Wo ist denn Miss Moneypenny? Der Katzenkorb steht ja leer auf dem Boden. Hast du sie etwa rausgelassen?«

Ich winkte beruhigend ab. »Fräulein Karnelia hat sie abgeholt, und die beiden sind zusammen losgezogen.«

Trix grinste. »Alle Katzen sind Einzelgänger.« Sie klang exakt wie Klara. »Von wegen!«

Wir nahmen den Weg auf der Seeseite des Deiches. Erstens ging das am schnellsten, und zweitens konnte Trix so gleich mal das Meer bewundern. Theoretisch jedenfalls. Praktisch war gerade Ebbe und statt blauem Wasser nur brauner Schlick zu sehen. Er stank heute mal wieder besonders exquisit. Ich schaute Trix von der Seite an. Rümpfte sie die Nase? Aber sie schien den Gestank gar nicht zu bemerken.

Ich schob mein Fahrrad mit dem Koffer und dem leeren Katzenkorb neben mir her und dachte angestrengt nach. Warum waren Frau Jansen und Aurora Schwartz beide der Meinung, Hähnchenaroma passe nicht zu grünem Wasser? Kannten sie sich? Oder war ihre ähnliche Reaktion Zufall? Wem gehörte das Pillendöschen? Und gab es tatsächlich einen Zusammenhang zwischen dem grünen Wasser und den grünen Totenköpfen?

Nach einer Weile überquerten wir den Deich und bogen rechts in Richtung Ortszentrum ab. Langsam wurde die Bebauung dichter, und schließlich kamen wir in Ruckelnsen-City an, wenn man das so sagen kann. Hier reihte sich Fisch-Imbiss an Fisch-Imbiss, mit ein paar Cafés und Souvenirgeschäften dazwischen.

Plötzlich blieb Trix stehen und hielt mich am Mantel fest. Sie flüsterte: »Schau mal unauffällig da rüber.«

Ich folgte mit den Augen ihrem Blick. Und sah gerade noch Frau Jansen im Eingang des *Ruckelnser Teestübchens* verschwinden.

Zusammen mit Klara und Aurora Schwartz.

♣ Kapitel 4

In dem wir Frau Jansen und die Schwartz-Zwillinge observieren, Trix ihre Lieblingsbonbons bekommt und der Gast König ist.

Trix und ich blieben in einiger Entfernung stehen und behielten das Teestübchen im Auge. Durch die beschlagenen Scheiben des Cafés waren schemenhaft drei Gestalten zu erkennen.

»Sie setzen sich zusammen an den Tisch am Fenster«, flüsterte Trix. »*Das* ist es also, was Frau Jansen plötzlich so dringend erledigen musste. Von wegen Tierfutterhandel! Offenbar kennt sie Klara und Aurora.«

Ich nickte. »Da drin können wir die drei leider schlecht observieren. Das Teestübchen besteht nur aus einem einzigen Raum. Da sehen sie uns sofort. Und Frau Jansen ahnt bestimmt, dass wir ermitteln. Wenn wir in dem Café auftauchen, werden sie bloß belangloses Zeug reden.«

Ein Klappen ließ mich verstummen. Jemand hatte das Fenster auf Kipp gestellt! Trix deutete auf den Holunderbusch, der den Vorgarten des Teestübchens zierte. Ich nickte, lehnte mein beladenes Fahrrad an das Haus nebenan und hockte mich dann mit Trix hinter den Strauch.

»Wenn du hier schon dampfen musst, dann wenigstens bei offenem Fenster, Klara«, war eine Stimme von drinnen zu hören. »E-Zigaretten sind mindestens so gesundheitsschädlich wie normale.«

Ich kombinierte: Das hatte Aurora gesagt.

»Beruhig dich, Auroralein, das Fenster ist ja jetzt offen.« Nasal und bestimmt: Klara.

»Jetzt lenkt nicht ab, ihr beiden! Was soll das mit dem Leitungswasser und den Schafen? Das hätte ich euch nicht zugetraut. Jahrelang habt ihr nichts von euch hören lassen, und dann taucht ihr plötzlich wieder auf und macht so was!«

Ich nickte Trix zu. Das war ganz klar Frau Jansens Stimme.

»Aber wir …«, fing Aurora an.

Klara fiel ihr ins Wort. »Wir haben mit dem grünen Wasser nichts zu tun, Jeske. Wir sind genauso überrascht wie du. Und was ist überhaupt mit deinen Schafen?«

»Das wisst ihr doch ganz genau: Ihr habt sie mit grünen Totenköpfen besprüht!«

»Was?«, keuchte Aurora.

»Glaub mir, Jeske.« Das war wieder Klara. »Wir wussten bis gerade eben nicht mal davon.«

»Wollt ihr etwa behaupten, das wäre Zufall?« Frau Jansen war die Wut deutlich anzuhören. »Auf einmal seid ihr wieder in Ruckelnsen, und rein zufällig geschieht genau das, was wir damals ...«

»Na, wer hockt denn da im Hollerbusch drin?«, erscholl plötzlich hinter uns eine laute, kratzige Stimme.

Trix und ich duckten uns noch etwas tiefer.

»Tut da mal rrrrrauskommen aus euerm Busch, ihr Lunkohren!«

Seufzend krochen Trix und ich hinter dem Busch hervor. Besser brachen wir die Observation ab, als dass Klara, Aurora und Frau Jansen womöglich auf uns aufmerksam wurden.

Einen Moment später standen wir vor einem schlecht rasierten, untersetzten Mann, der in ein schmutziges blaues Fischerhemd gekleidet war.

»Das ist Käpt'n Flock«, flüsterte ich Trix zu, »er ...«

»Und jetzt verrrrrradet mir mal, wem ihr da was abgelauscht habt, nä?«, rief Käpt'n Flock dazwischen. Wie immer war seine Aussprache sehr feucht. Trix wurde von einem Spucketropfen getroffen und machte einen kleinen Schritt nach hinten.

»Wir haben nicht gelauscht, Käpt'n Flock«, erklärte ich möglichst leise, »wir ermitteln.«

Der Käpt'n winkte mit einer übertriebenen Geste ab. »Jau, Mensch, Harald, das hatt' ich ja ganz vergessen, dat du ja so wat wie 'n Meisterdetektiv bist, nä? Und deine lüdde Freundin hier auch, oder wat?«

Trix räusperte sich. »Mein Name ist Dobbsen. Trix Dobbsen. Ich bin Privatermittlerin.«

Käpt'n Flock lachte rasselnd. »Angenehm, nä? Und mein Name is Flock. Thorsten Flock. Aber sag ruhig Käpt'n Flock zu mir, dat machen hier alle so, nä?« Er schüttelte Trix die Hand. »Mir tut das Ruckelnser Heimat- und Schifffahrtsmuseum gehören.«

»Meine Oma wartet mit dem Geburtstagskuchen auf uns«, sagte ich schnell.

Der Käpt'n schüttelte auch mir die Hand. »Ach ja, alles Gute zu deinem Ehrentag, Harald! Aber Kuchen kann ja zum Glück nicht kalt wern, nä? Am besten kommt ihr gleich mal mit zum Museum, da darf Trix sich meine hochinteressanten Exponate ankieken.«

»Aber unser Kakao, der kann kalt werden«, behauptete ich. Käpt'n Flock wusste ja nicht, dass der Kakao bereits im Kühlschrank stand, weil ich ihn eiskalt am liebsten mochte. »Komm, Trix!« Ich griff mir mein Fahrrad und lief los. »Bis bald, Käpt'n Flock!« Wir ließen ihn stehen.

»Was sollte das denn jetzt?«, keuchte Trix, während sie neben mir herrannte. »Der wirkte doch ganz lustig.«

Ich schüttelte den Kopf. »Wenn der anfängt zu erzählen, kommt man nicht mehr weg. Und wenn man Pech hat, singt er sogar. Dabei wird seine Aussprache noch feuchter.«

Wir verlangsamten unseren Schritt.

Trix grinste. »Und ich dachte, ein Detektiv müsste für die Ermittlungen seine eigenen Vorlieben zurückstellen können.«

Ich winkte ab. »Käpt'n Flocks Gequatsche hat doch mit unseren Ermittlungen nichts zu tun. Viel interessanter finde ich das Gespräch, das wir gerade am Teestübchen mithören konnten. Frau Jansen hat gesagt: *Auf einmal seid ihr wieder in Ruckelnsen, und rein zufällig geschieht genau das, was wir damals ...* Wie ging der Satz wohl weiter?«

»Genau das, was wir damals ... was wir damals *befürchtet haben?*«, schlug Trix vor. »Was wir damals *machen wollten?* Oder vielleicht sogar: was wir damals *gemacht haben?* Welche Variante hältst du für am wahrscheinlichsten?«

»Auch das müssen wir ermitteln«, stellte ich fest. »So, wir sind da.« Ich lehnte mein Fahrrad an unseren Zaun.

»Wem gehört denn der schicke rote Geländewagen?« Trix zeigte auf das Auto, das auf der Straße vor unserem Haus parkte. Auf dem Dachgepäckträger thronte ein Kajak. »Schönes Teil«, kommentierte sie. »Damit kann man hier sicher gut herumpaddeln.«

»Keine Ahnung, wem das gehört.« Ich nahm Koffer und Katzenkorb vom Fahrrad herunter und drückte beides Trix in die Arme. Dann schloss ich die Haustür auf.

»Wir sind da-ha!«, rief ich. Im selben Moment fiel mir ein, dass meine Großmutter ja längst von Onkel Freddie abgeholt worden war. Trotzdem bekam ich eine Antwort: »Mi-au-hau!«

»Miss Moneypenny!«, rief Trix.

Wir folgten dem Miauen in die Küche. Dort saßen Fräulein Karnelia und Miss Moneypenny einträchtig nebeneinander und fraßen.

»Meine Oma scheint vor ihrer Abreise noch die Näpfe gefüllt zu haben«, stellte ich fest.

»Ist deine Großmutter weggefahren?«

»So ist es. Sie verbringt die Osterfeiertage bei meinem Großonkel. Am Ostermontag ist sie zurück. Aber wir sind nicht alleine. Sie hat extra Magnus aus Humbug herbestellt, um auf uns aufzupassen. Er kommt heute Abend.«

Trix zuckte mit den Schultern. »Wenn es deine Oma beruhigt.«

Ich verdrehte die Augen. »Am besten bringen wir erst mal dein Gepäck in das Gästezimmer oben. Und dann gehen wir runter in die Detektei.«

»Okay, kann ich vorher noch einen von den Eukalyptusbonbons haben?«

»Ja, klar«, antwortete ich automatisch. Doch dann stutzte ich. »Was für Eukalyptusbonbons denn?«

»Na, diese da.« Trix nahm etwas von der Anrichte und hielt es mir vor die Nase: ein in grünes Papier eingewickeltes Bonbon. »Da liegen noch mehr.«

Tatsächlich. Auf der Anrichte verstreut lagen grün eingewickelte Bonbons. »Komisch. Wir haben sonst nie Eukalyptusbonbons im Haus. Weder meine Oma noch ich mögen die.«

Trix wickelte das Bonbon aus und steckte es in den Mund. »Verstehe ich nicht. Die sind doch köstlich.«

Ich verspürte ein höchst unangenehmes Gefühl im Magen.

Und einen Moment später war mir auch klar, warum. »Atme mal bitte in die andere Richtung, Trix. Du riechst wie mein Mathelehrer.«

Trix lachte, was eine noch dickere Eukalyptuswolke in meine Richtung schickte. »Wieso das denn?«

»Er lutscht ständig solche Bonbons. Ich glaube, er bestellt sie sogar extra aus Australien. Hier gibt es die gar nicht zu kaufen.«

»Exquisit«, kommentierte Trix mit vollem Mund. »Wie kommt deine Oma denn dann an die ran? Hat sie die auch in Australien bestellt?«

Das konnte ich mir selbst nicht erklären. »Ich habe keinen blassen Schimmer.«

Trix nahm sich gleich noch ein Bonbon und wickelte es aus. »Weißt du, was auffällig ist an den Dingern?«

»Außer der Tatsache, dass sie bestialisch stinken?«

Trix hielt mir das eckige Bonbon hin. Es funkelte im Licht wie ein Diamant. »Sie sind grün. So wie das Leitungswasser und die Totenköpfe auf den Schafen. Grün scheint die Farbe des Tages zu sein.« Sie griff sich die übrigen Bonbons von der

Anrichte und ließ sie in ihre Jackentasche gleiten. »Ich stelle diese Beweisstücke mal sicher.«

Aber: »*Beweismittel sind nicht zum Verzehr bestimmt*«, erinnerte ich Trix. »Das ist meine Detektiv-Regel Nummer 26.«

Sie grinste. »Keine Sorge. Gegen eine von deinen Detektiv-Regeln würde ich niemals verstoßen.«

Mit dem Koffer und dem Katzenkorb beladen, stiegen wir die knarzende alte Treppe hoch. Ich zeigte Trix ihre Unterkunft und ließ sie dabei nicht aus den Augen. Ich fragte mich, was sie von dem Zimmer hielt. Es war klein und hatte eine schräge Decke, weil es direkt unter dem Dach lag. Das alte Doppelbett aus dunklem Holz füllte fast den ganzen Raum aus. Trix war ganz anderes gewohnt. Zu Hause residierte sie in einer riesigen Villa.

Doch Trix sah richtig begeistert aus. »Total gemütlich!«

Wir stellten den Koffer und den Katzenkorb in eine Ecke.

»Mein Zimmer ist gleich nebenan«, erklärte ich Trix, als wir wieder auf den Flur traten. »Und das da ist unser zweites Gästezimmer.« Ich zeigte auf eine blaue Tür gegenüber. »In der Hochsaison vermieten wir beide Zimmer an Urlauber. Aber jetzt in der Nebensaison stehen sie leer.«

Die Tür ging auf. »Dem muss ich ausdrücklich widersprechen, nicht wahr?«, sagte jemand.

In der Tür stand ein älterer Herr, den ich noch nie gesehen hatte.

Trix machte ein Geräusch, als hätte sie einen Beutel Murmeln verschluckt. Dann fing sie wie verrückt an zu husten.

»Habe ich euch erschreckt?«, rief der Mann.

»Uns erschreckt nichts«, erwiderte ich, »Gefahr ist unser Geschäft.« Dabei klopfte ich Trix auf den Rücken, die immer noch Geräusche von sich gab wie ein Seehund mit Schluckauf.

Aus den Augenwinkeln betrachtete ich den Fremden, der eine bedröppelte Miene machte. Er war nicht viel größer als ich und hatte graue Locken, die sich vorne zu einer Halbglatze lichteten. Gekleidet war er in ein weißes Hemd mit weiten Ärmeln, eine rot glänzende Weste, die mit einem gelben Blumenmuster bestickt war, und eine schwarze Cordhose. Durch die Gläser einer goldenen Brille blickte er uns freundlich an. Doch das Bemerkenswerteste an ihm war seine Nase. Sie sah aus, als hätte er sie als Kind zu lange an einer Schaufensterscheibe platt gedrückt. Man konnte von vorne in seine Nasenlöcher hineinschauen wie in einen Autobahntunnel mit zwei Röhren. Wahrscheinlich schaltete er jedes Mal die Scheinwerfer ein, bevor er sich in der Nase bohrte.

Trix hustete und hustete.

Der Nasen-Herr sah uns bedauernd an. »Hat Frau Donnerschlag euch denn gar nicht mitgeteilt, dass sie in der Tat so freundlich war, mir das Zimmer zu vermieten?«

Ich räusperte mich. »Nein, dieser Fakt ist mir nicht bekannt.«

Trix hustete noch stärker.

»Trix? Alles in Ordnung?«

»Bonbon – verschluckt«, röchelte sie.

Der Nasen-Herr warf ihr einen besorgten Blick zu. »Ist es sehr schlimm? Soll ich das Heimlich-Manöver bei dir zur Anwendung bringen?«

»Heimlich-was? Nein!«, keuchte Trix.

»Was ist denn das Heimlich-Manöver?«, erkundigte ich mich, während ich Trix noch stärker auf den Rücken klopfte.

»Das Heimlich-Manöver ist nach seinem Erfinder, dem amerikanischen Arzt Henry J. Heimlich, benannt, nicht wahr?«, erläuterte der Mann in aller Seelenruhe. »Dabei wird der Bauchraum komprimiert, um einen Überdruck zu erzeugen, der den Fremdkörper aus der Luftröhre katapultiert.«

Trix machte ein Geräusch wie ein lungenkranker Frosch, dann flog etwas Grünes in hohem Bogen aus ihrem Mund.

Der Mann duckte sich gerade noch rechtzeitig. Das Bonbon zischte über ihn hinweg in sein Zimmer.

Er lächelte und entblößte dabei eine breite Lücke zwischen den Schneidezähnen. »Offenbar hat allein die Beschreibung des Heimlich-Manövers schon ausgereicht, nicht wahr?«

Trix wischte sich die Tränen aus den Augen. Ich kombinierte: Sie war für die nächsten Minuten nicht ansprechbar.

»Meine Großmutter hat Ihnen also das Zimmer vermietet, ja?«, nahm ich das Gespräch mit dem Nasen-Typen wieder auf. »Wollen Sie Urlaub in Ruckelnsen machen?«

»In der Tat. Ich möchte die Osterfeiertage nutzen, um die Gegend ein wenig mit meinem Kajak zu erkunden. Ich brauche in der Tat Bewegung, ich hab ein wenig Bauchfett angesetzt in letzter Zeit.« Er klopfte auf seinen stattlichen Bauch. »Und natürlich will ich mir morgen Abend die berühmten bunten Osterfeuer am Strand ansehen. Das muss ja in der Tat eine ganz tolle Sache sein, nicht wahr?«

»Ja, Sie werden nicht enttäuscht sein«, prophezeite ich ihm. »In die Flammen wird Leuchtfarbe gekippt, sodass sie in allen Farbschattierungen flackern. Es ist ein beeindruckender Anblick.«

»Genau so hat mir die nette Frau Schuhpisser das vorhin auch geschildert. *Unglaublich großartig* – das waren ihre Worte. Von ihr habe ich auch eure Adresse bekommen. Wenn ich das richtig verstehe, betreibt sie nicht nur die Zimmervermittlung im Ort, sondern ist hier auch die Bürgermeisterin?«

Ich nickte. Trix schnäuzte sich.

»Frau Schuhpisser teilte mir außerdem mit, dass in eurem schönen Ort das Leitungswasser heute leider eine grüne Färbung angenommen hat. Aber sie sagte, die Wasserwerke würden einen Tankwagen mit Trinkwasser vor dem Rathaus aufstellen. Das habe ich dann gleich deiner Großmutter mitgeteilt, nicht wahr? Sie hat mir netterweise eine Kanne Kakao zu trinken gegeben und mir versichert, dass ihr nach eurer Rückkehr zeitnah Wasser holen gehen würdet. Es wäre gut, wenn ihr das in der Tat sofort erledigen könntet. Die grüne Giftbrühe möchte ich dann doch nicht zu mir nehmen, nicht wahr? Ich bin schließlich hier, um mich zu erholen, und nicht, um meine Gesundheit zu ruinieren.«

Ich knirschte mit den Zähnen. Meine Oma hatte ganz offensichtlich meinen Kakao an diesen Fremden verschenkt! Und wir hatten wirklich Wichtigeres zu tun, als eimerweise Wasser herzuschleppen. Doch leider war der Nasen-Typ ein Feriengast. *Der Gast ist König.* Das war zwar keine Detektiv-Regel, aber meine Großmutter bestand trotzdem darauf.

»Selbstverständlich. Wasser kommt gleich«, grummelte ich also.

»Danke schön, sehr zuvorkommend. Ach ja – ich habe mich noch gar nicht vorgestellt. Ich heiße Remmer Klaus. Remmer ist der Vorname, nicht wahr?«

»Angenehm«, antwortete ich, »mein Name ist Harald Donnerschlag. Und das ist Trix Dobbsen.«

»Trix ist der Vorname«, röchelte Trix. Sie klang immer noch ziemlich mitgenommen.

Remmer Klaus lächelte. »Es freut mich, eure Bekanntschaft zu machen, nicht wahr?«

Dann haute er uns die Tür vor der Nase zu.

Trix krächzte: »Ich schlage vor, wir gehen nun in der Tat sofort Wasser holen, nicht wahr?«

Ich nickte. »Und anschließend machen wir zeitnah mit den Ermittlungen weiter!«

Kapitel 5 🥨

In dem mein Mathelehrer Trix kennenlernt, ich mein Geburtstagsgeschenk bekomme und wir herausfinden, was Aurora Schwartz mit der Farbe Grün zu tun hat.

Wir holten vier leere Eimer aus dem Keller und liefen los. Fräulein Karnelia und Miss Moneypenny begleiteten uns. Sie schienen gerade nichts Besseres vorzuhaben.

Ich dachte über unseren Feriengast nach. »Dass meine Großmutter mir wegen diesem Remmer Klaus keinen Zettel hingelegt hat, finde ich schon seltsam.«

»Ruf sie doch einfach auf dem Handy an«, schlug Trix vor.

»Sie hat kein Handy.« Doch mir fiel etwas ein. »Telefonieren ist trotzdem eine gute Idee. Warte mal.« Ich stellte die Eimer ab, kramte mein Mobiltelefon heraus und wählte die Nummer von Magnus.

Es tutete lange.

»Was ist denn, Harald?«, kam dann die Stimme meines Bruders aus dem Telefon. »Ich hab grad gar keine Zeit.«

»Du, Magnus, ich wollte dich nur kurz fragen, ob Oma dir gesagt hat, dass ein Ferieng…«

»Ach ja, deshalb hat sie mich vorhin angerufen. Dich konnte sie nicht erreichen. Ich sollte dir eine Nachricht schreiben, dass Frau Schuhpisser euch einen Gast geschickt hat. Er heißt Remmer Klaus. *Remmer* ist der Vorname. Kann übrigens sein, dass ich heute Abend ziemlich spät komme, wartet nicht mit dem Abendessen auf mich.«

»Aber das Abendessen solltest *du* doch kochen, Magnu...«

Es tutete.

»Und?«, fragte Trix.

Ich steckte das Telefon ein. »Er hat mich wie immer nicht ausreden lassen. Aber offenbar hat meine Großmutter ihn über die Vermietung in Kenntnis gesetzt. Er sollte mir das ausrichten, hat es aber natürlich vergessen. Damit scheint also alles in Ordnung zu sein.« Ich sah auf mein Mobiltelefon, das tatsächlich einen verpassten Anruf von meiner Oma anzeigte. »Typisch Magnus. Er sagt, er kommt heute Abend erst sehr spät. Dabei sollte er uns Abendessen machen. Na ja, verhungern werden wir nicht. Wir haben ja meinen Geburtstagskuchen. Und Magnus kann sowieso nicht besonders gut kochen.«

Wir setzten unseren Weg fort.

Auf halber Strecke begegnete uns ein Mann im gelben Regenmantel. Er zog einen Bollerwagen hinter sich her, in dem vier volle Wassereimer standen.

Kurz entschlossen sprach ich ihn an. »Moin, ist bei Ihnen zufällig das Leitungswasser grün?«

Der Mann blieb stehen und lachte. »Nee, ich finde es nur irgendwie origineller, das Wasser am Brunnen zu holen. Na ja, besser gesagt, am Tankwagen.«

»Entschuldigen Sie, dass ich so dumm gefragt habe«, bemerkte ich in einem verbindlichen Tonfall. »Aber als Detektiv darf ich aus den vollen Eimern, die Sie transportieren, nicht voreilig auf die Farbe Ihres Leitungswassers schließen.«

»Das ist seine Detektiv-Regel Nummer 19«, ergänzte Trix.

Der Mann nickte verstehend. »Ach, ihr seid Detektive und ermittelt wegen des grünen Wassers?«

»Miau!«, maunzte es dazwischen. Fräulein Karnelia und Miss Moneypenny strichen ihm um die Beine.

Der Regenmantel-Mann nieste.

»Gesundheit«, wünschte Trix.

»Entschuldigt.« Er holte schnaufend Luft, kramte ein Taschentuch hervor und schnäuzte sich ausgiebig.

Ich nutzte die Gesprächspause, um den Mann in Ruhe zu betrachten. Er war fast zwei Meter groß, hatte freundliche braune Augen, einen gepflegten dunkelblonden Bart und trug eine Brille mit winzigen runden Gläsern. Er schien einen nervösen Tick zu haben. Jede Sekunde schlossen sich seine Augenlider zu einem kurzen Blinzeln.

»In welcher Pension wohnen Sie denn?«, fragte ich. »Wir untersuchen nämlich die Verbreitung des grünen Wassers.«

»Pension *Aus dem Moore*. Und Frau Aus dem Moore ist ja eine ältere Dame, da wollte ich sie nicht die schweren Eimer schleppen lassen. Tschüs dann!« Er nieste noch einmal zum Abschied.

»Ich wusste gar nicht, dass Frau Aus dem Moore eine Pension betreibt«, sagte Trix. Sie kannte die alte Dame von unserem letzten Fall, bei dem wir Frau Aus dem Moore ihren wertvollen Siegelring wiederbeschafft hatten.

»Ja, hier im Ort leben fast alle vom Tourismus.« Ich holte mein Mobiltelefon heraus und markierte die Adresse auf der Karte. »Hm, das ist interessant. Die Pension *Aus dem Moore* ist betroffen, der Hof der Jansens aber nicht. Dabei liegt beides an der Dingenskirchener Straße, die in den Nachbarort führt. Die Quelle der grünen Farbe muss sich wirklich direkt in den Zuleitungen der Häuser befinden. Nur blöd, dass wir keinen Zugang dazu haben. Wir können ja schlecht die Wände aufstemmen.«

Wir setzten unseren Weg fort. Fräulein Karnelia und Miss

Moneypenny schien es mit uns langweilig zu werden. Sie zogen davon.

Trix zeigte zum Rathausplatz, von dem uns nur noch wenige Meter trennten. »Da vorne ist ja schon der Tankwagen.«

Sie wollte weitergehen, aber ich hielt sie fest. »Stopp!«

»Was denn?«

»Der Mann am Tankwagen ist mein Mathelehrer. Herr Schuhpisser.«

Trix lachte. »Ist der mit eurer Bürgermeisterin verwandt? So einen Namen gibt es doch sicher nicht zweimal.«

Ich nickte. »Ja, sie sind verheiratet.«

Herr Schuhpisser schien fertig gezapft zu haben, nahm seinen Kanister und kam schnurstracks auf uns zu.

Ich stöhnte auf.

»Moin, Harald.«

»Hallo, Herr Schuhpisser.«

Er stellte den Kanister ab, holte seine Bonbontüte heraus und steckte sich eins von seinen Eukalyptusbonbons in den Mund. Na toll. Er schien ein längeres Gespräch zu planen.

»Wenn ihr damit Wasser holt, müsst ihr es aber vor dem Trinken abkochen.« Er zeigte auf unsere Eimer. »Das ist sonst sehr unhygienisch.«

»Ja, ja«, murmelte ich. »Machen wir. Also tschü…«

»Lernst du denn auch fleißig, Harald?«, fiel er mir ins Wort.

»Nach den Ferien schreiben wir einen Test. Wenn du nicht

wieder so unterirdisch abschließen willst wie letztes Mal, solltest du dich ranhalten!« Er lutschte und machte dabei ein Gesicht, als hätte er eine Portion Zahlen im Mund.

»Also, ich …«, fing ich an, doch diesmal unterbrach Trix mich.

»Sie werden es nicht glauben, Herr Schuhpisser, aber Harald tut gar nichts anderes als zu lernen! Tag und Nacht studiert er sein Mathematikbuch. Ich konnte ihn kaum vom Schreibtisch loseisen.« Sie sah mich an, als wäre ich ein krankes Kätzchen. Dann blickte sie wieder zu Herrn Schuhpisser. »Mathe ist alles, woran Harald denkt. Man bekommt ihn mit Mühe und Not zum Essen, Trinken und Schlafen – und selbst nachts spricht er von Bruchrechnung. Wir sind schon richtig in Sorge wegen seiner Work-Life-Balance.«

»Aha … ähm … na, dann ist ja gut.« Es war Herrn Schuhpisser deutlich anzusehen, dass er nicht wusste, was er von dieser Antwort halten sollte. Er steckte die Bonbontüte ein und griff sich seinen Kanister. »Ich wünsche viel Erfolg, Harald. Auf Wiedersehen. Und übertreib es nicht mit dem Lernen.«

Als er weg war, lachten wir erst mal ausgiebig.

»Also haben Schuhpissers auch grünes Wasser«, stellte ich anschließend fest. »Sie wohnen in einer ganz anderen Ecke von Ruckelnsen als wir. Die grüne Färbung ist wirklich weit über den Ort verbreitet.« Schuhpissers Adresse trug ich ebenfalls auf der Karte in meinem Telefon ein.

Wir gingen zum Tankwagen, füllten unsere Eimer und machten uns auf den Rückweg.

Nach ein paar Metern entdeckte ich etwas auf dem Boden, das auf dem Hinweg noch nicht dagelegen hatte.

»Warte mal kurz, Trix.« Ich stellte die Eimer ab und hob das Teil auf. Es handelte sich um eine durchsichtige Plastikhülle, in der ein weißes Papier steckte. »Das ist eine dieser Plastiktaschen, in denen die Rechnung an Pakete geklebt wird.« Ich fingerte das Blatt Papier aus der Hülle. Tatsächlich war es eine Rechnung, adressiert an Herrn Schuhpisser. »Gut-Im-Futter.de«, las ich vor.

»Das ist ein Online-Shop für Tierfutter«, sagte Trix. Sie schaute auf die Rechnung. »Katzenkapseln hat er gekauft? Was ist das denn?«

»Keine Ahnung. Schuhpissers haben gar keine Katze, so viel ich weiß. Und eine Kapselbefüllungsmaschine hat Herr Schuhpisser außerdem bestellt. Für 24,30 Euro. Na ja, wenn er Spaß dran hat.«

Kurz hatte ich den Impuls, das Papier und die Hülle in den nächsten Mülleimer zu werfen. Dann überlegte ich es mir anders. Die Rechnung schien zwar im Moment vollkommen bedeutungslos. Aber meine Detektiv-Regel Nummer 5 lautet: *Alles ist wichtig, bevor es sich als unwichtig herausgestellt hat.*

Also steckte ich die Rechnung in die Manteltasche.

In meiner Detektei wartete Wiebke auf uns. Sie saß direkt vor meinem unversehrten Geburtstagskuchen. Ich bewunderte sie. Hätte man mich mit dem Kuchen alleine gelassen, wäre hinterher nur noch die Hälfte übrig gewesen. »Da seid ihr ja endlich! So ein Typ mit einer platten Nase hat mir aufgemacht und behauptet, er wäre hier Feriengast. Stimmt das, Harald?«

Erschöpft ließ ich mich auf meinen Schreibtischstuhl fallen. »Leider ja. Das ist Remmer Klaus. *Remmer* ist der Vorname. Meine Großmutter hat ihm ein Gästezimmer vermietet, bevor sie zu meinem Großonkel gefahren ist.«

Wiebke nickte. »Ein Feriengast in der Nebensaison, da wird deine Oma sich aber gefreut haben. Bei uns zu Hause stehen alle Gästezimmer leer.«

»Hier vermieten ja wirklich alle Zimmer, was?«, stellte Trix fest.

»Fast alle. Die Vermietung an Urlauber ist eine gute Möglichkeit, etwas Geld zusätzlich einzunehmen.« Ich fischte mein Taschenmesser aus dem Mantel, klappte es auf und schnitt drei Stücke vom Kuchen ab. Dabei achtete ich darauf, dass der Detektivhut aus Marzipan heil blieb. Ich fand ihn viel zu schön zum Zerschneiden. »So. Lasst es euch schmecken. Teller gibt es keine. Gabeln auch nicht. Aber Servietten müsste ich hier noch irgendwo haben.« Ich wühlte in meiner Schreibtischschublade und förderte drei Servietten mit Rentieren darauf zutage. »Leider mit Weihnachtsmotiv.«

»Macht nix.« Trix nahm sich ein Stück Kuchen und gab auch Wiebke eines. Für kurze Zeit war die Detektei mit genussvoller Stille erfüllt.

»Übrigens, deine Mutter …«, fing schließlich Trix an zu sprechen, doch Wiebke fiel ihr ins Wort.

»… Die ist überhaupt nicht nachgekommen zum Stall! Ich möchte mal wissen, was sie plötzlich so Dringendes zu erledigen hatte.«

»Das wollte ich dir ja gerade sagen«, erwiderte Trix. »Deine Mutter musste dringend Tee trinken.«

»Tee trinken?« Wiebke sah Trix empört an.

»Mit den Zwillingsschwestern Klara und Aurora Schwartz«, ergänzte ich, »die mit dem gleichen Zug in Ruckelnsen angekommen sind wie Trix. Deine Mutter glaubt, dass die beiden für das grüne Leitungswasser und die Totenköpfe auf den Schafen verantwortlich sind. Sie hat zu ihnen gesagt: *Auf einmal seid ihr wieder in Ruckelnsen, und rein zufällig geschieht genau das, was wir damals …* An dieser Stelle mussten wir die Observation leider abbrechen.«

Wiebke schüttelte den Kopf. »Das klingt ja, als würde sie Klara und Aurora Schwartz schon lange kennen. Und meine Mutter meint, die stecken dahinter? Wer sind die beiden denn überhaupt? Obwohl, Moment mal … Den Namen Aurora Schwartz kenne ich irgendwoher … Ja, klar, ist das nicht die Schriftstellerin, die heute Abend im Ruckelnser Rathaus auftritt? Ich hatte überlegt, da hinzugehen.« Sie wischte sich die Finger an der Serviette ab, holte ihr Mobiltelefon heraus und tippte darauf herum. »Genau, hier steht's ja: Ostersamstag, 19 Uhr. Die Autorin Aurora Schwartz liest aus ihrem großartigen neuen Fantasy-Roman *Das Geheimnis der Grünen Johanna*. Eintritt frei. Aha. Das führt sie und ihre Schwester also nach Ruckelnsen.«

»Die Grüne Johanna.« Trix lachte. »Ich höre immer nur *grün*.«

»Hmmmm, die Grüne Johanna also«, murmelte Wiebke.

»Die Grüne Johanna ist in Ruckelnsen keine Unbekannte«, erklärte ich Trix. »Sie ist so was wie eine Ruckelnser Legende. Johanna ist hier aufgewachsen und hat dann als Piratin die Nordsee unsicher gemacht. Das war im Mittelalter, oder, Wiebke?«

Wiebke nickte. »Ja, stimmt. An der Fassade des Ruckelnser Heimat- und Schifffahrtsmuseums hängt eine hölzerne Figur, die angeblich die original Galionsfigur vom Schiff der Grünen Johanna ist. Die Figur sieht aus wie die Piratin selbst. Jedenfalls behauptet Käpt'n Flock das.«

»Und es gibt ein Lied über die sie«, fügte ich hinzu, »aber den Text kriege ich jetzt nicht mehr zusammen. Ich weiß nur noch, dass jede Strophe mit der Zeile *Und das war Grien Johanna* oder so ähnlich aufhört. *Grien* heißt auf Friesisch *grün*.«

»Mehr erinnere ich auch nicht«, murmelte Wiebke.

Trix sprach in ihr Handy: »Harald, such alles über die *Grüne Johanna*.«

Einen Moment später erklang meine Stimme aus ihrem Telefon: »Für-Grüne-Johanna-gibt-es-einen-Treffer.«

»Nur einen Treffer?« Trix schaute auf das Display. »Tatsache, man findet bloß einen kurzen Absatz auf Wikipedia. Ich les mal vor: Die Existenz der Grünen Johanna ist historisch nicht belegt. Der Legende nach war sie eine Nordsee-Piratin des Mittelalters und stammte aus dem kleinen Ort Ruckelnsen. Sie überfiel Handelsschiffe auf der Nordsee und störte so die Geschäfte der Kaufleute. Die *Hanse*, ein Zusammenschluss mehrerer Handelsstädte, ging deshalb mit Soldaten gegen die Grüne Johanna vor. Sie musste sich in einer großen Seeschlacht geschlagen geben und ertrank. Ihre Geschichte wird im *Lied der Grünen Johanna* erzählt, das hochdeutsche, plattdeutsche und friesische Worte enthält. Diese höchst seltsame Sprachmischung entstand durch die mündliche Weitergabe des Liedes, das sich über die Jahrhunderte immer wieder verändert hat. Anfang des 20. Jahrhunderts wurde das *Lied der Grünen Johanna* schließlich in Ruckelnsen in zwölf Steine eingemeißelt, um eine Attraktion für Urlauber zu erschaffen. Ebenfalls aus der Zeit um 1900 stammt die hölzerne Figur der Grünen Johanna, die heute das Ruckelnser Heimat- und Schifffahrtsmuseum ziert.«

Wiebke lachte. »Das wird Käpt'n Flock gar nicht gefallen. Von wegen original Galionsfigur.«

Trix grinste und las weiter vor: »Von den zwölf sogenannten *Singenden Steinen* sind heute nur noch fünf auffindbar. Mit den verschollenen sieben Steinen sind auch die darauf eingemeißelten sieben Strophen des Liedes der Grünen Johanna verloren gegangen. In einigen dieser Strophen finden sich angeblich Hinweise auf das Versteck des Schatzes der Freibeuterin.« Trix pfiff durch die Zähne. »Ein Schatz. Nicht schlecht.«

Wiebke und ich warfen uns einen skeptischen Blick zu.

»Na ja«, teilte ich Trix mit, »diese Singenden Steine sind nichts anderes als ganz gewöhnliche Steine, auf denen Liedstrophen eingemeißelt sind. Dafür interessieren sich eigentlich nur Touristen.«

»Und der Schatz?«, hakte Trix nach.

Wiebke zuckte mit den Schultern. »Man weiß ja noch nicht mal, ob es die Grüne Johanna in Wirklichkeit gab. Der Schatz ist vermutlich genau wie sie nur eine Legende.«

Trix zupfte an ihrer Fliege. »Also gut. Ich fasse zusammen: Wiebkes Mutter verdächtigt Klara und Aurora Schwartz, etwas mit den grünen Vorkommnissen in Ruckelnsen zu tun zu haben. Und Aurora hat ein Buch mit dem Titel *Das Geheimnis der Grünen Johanna* geschrieben. Keine Ahnung, wie das zusammenhängt – aber es *hängt* zusammen, da bin ich sicher.«

Ich sah auf die Uhr. »Halb sieben. Wir sollten unbedingt zu der Lesung gehen. Wollen wir gleich aufbrechen?«

Wiebke tippte auf ihr Mobiltelefon. »Okay, ich schreibe nur noch kurz meiner Mutter, dass ich bei dir übernachte. Und dann bin ich startklar.«

Ich nickte. »Du müsstest dann allerdings bei Trix im Doppelbett schlafen. Das zweite Gästezimmer ist ja von Remmer Klaus besetzt.«

»Kein Problem. Das ist doch in Ordnung für dich Trix, oder?« Wiebke legte das Handy weg. »Wir können los.«

»Nein«, sagte Trix.

»Nein?« Wiebke und ich schauten sie irritiert an. »Warum nicht?«, fragten wir gleichzeitig.

Trix grinste. »Du kannst natürlich gerne bei mir im Doppelbett schlafen, Wiebke. Aber wir können noch nicht losgehen.« Sie fasste in die Innentasche ihrer Anzugjacke und holte ein kleines Päckchen heraus. »Harald bekommt erst noch sein Geschenk.« Es war in hellblau glitzerndes Papier eingeschlagen und mit einer dunkelblauen Schleife versehen. Nach all dem Grün war das Blau eine richtige Erholung.

»Das ist von Wiebke und mir«, sagte Trix feierlich.

Wiebke blickte mich erwartungsvoll an. »Pack aus!«

Ich knotete das Band auf und knibbelte den Tesafilm ab. Im Papier befand sich eine kleine Schachtel aus Karton. Ich nahm den Deckel ab und las:

```
DETEKTEI DONNERSCHLAG
GEFAHR IST UNSER GESCHÄFT

1. Detektiv: Harald Donnerschlag
1. Detektivin: Trix Dobbsen
Recherche und Öffentlichkeitsarbeit: Wiebke Jansen
Kontakt: Gefahr@Detektei-Donnerschlag.de
```

Visitenkarten! Aus schwerem cremefarbenem Papier, auf dem die schwarzen Buchstaben satt glänzten.

Trix räusperte sich. »Das Wort *Donnerschlag* bezieht sich aber nicht auf deinen Nachnamen, sondern illustriert die Schlagkraft, Durchsetzungsfähigkeit und Schnelligkeit unserer Detektei. Einverstanden?«

»Einverstanden!« Ich strich begeistert über das Papier, dann steckte ich einen kleinen Stapel Visitenkarten in meine Manteltasche. Auch Trix und Wiebke packten sich ein paar ein.

So ausgerüstet, gingen wir los.

Kapitel 6 🂠

In dem Frau Schuhpisser unter Druck gerät, Trix eine aufregende Entdeckung in einer langweiligen Ausstellung macht und Käpt'n Flock für Ruhe sorgt.

Der Himmel war blutrot, garniert mit kleinen Wolken, die aussahen wie zerzupfte Wattebäusche.

Am Rathaus hielt ich Wiebke und Trix die Tür auf. Drinnen war es bereits brechend voll. Mit viel Glück ergatterten wir in der vorletzten Reihe noch drei Plätze nebeneinander.

Ich sah mich im Saal um. Auf der Bühne standen unter einer Banderole mit dem Schriftzug *Das Geheimnis der Grünen Johanna – Das großartige neue Meisterwerk von Aurora Schwartz* zwei Sessel aus grünem Samt und ein kleiner Glastisch mit einem Wasserglas darauf. Im Publikum saßen zwischen mir unbekannten Urlaubern Frau Hinnerksen, Frau Aus dem Moore und Frau Sörensen. Damit waren alle Freundinnen meiner Großmutter versammelt.

»Da vorne sitzt euer Feriengast«, flüsterte Wiebke.

Tatsächlich: In der ersten Reihe, ganz rechts am Rand, hatte Remmer Klaus es sich neben Käpt'n Flock bequem gemacht.

»Was hat Käpt'n Flock denn in dem Kasten?«, fragte Trix.

»Wahrscheinlich sein Akkordeon«, vermutete Wiebke. »Oje, das bedeutet: Er wird singen.«

Trix nickte. »Zum Glück sitzen wir weit hinten. Was sind denn das da für Fotos?« Sie zeigte auf die Bilder, die an der Seitenwand des Saales hingen.

Ich gähnte. »Das ist die Ausstellung *Ruckelnsen gestern und heute*. Hochspannend.«

Trix stand auf. »Ich schau mir das mal an. Kommt ihr mit?«

Wiebke und ich schüttelten die Köpfe.

»Wir halten dir den Platz frei«, sagte Wiebke.

Trix ging zu der mit bunten und schwarz-weißen Fotos gepflasterten Wand.

Ich sah ihr dabei zu, wie sie die Fotos so interessiert betrachtete, als wären es wertvolle Kunstwerke.

»Hallo, ihr beiden!«, erscholl plötzlich eine Stimme.

Ich drehte mich um – und entdeckte in der Reihe hinter uns, zwei Plätze weiter, ausgerechnet Herrn Schuhpisser.

»Was machst du denn hier, Harald? Ich denke, du lernst Tag und Nacht für Mathe?«

Sein Eukalyptusatem nahm mir die Luft.

»Du lernst Tag und Nacht für Mathe?«, fragte Wiebke. »Echt?«

Herr Schuhpisser nickte. »Doch, doch, seine Work-Life-Balance ist schon in Gefahr.«

Gerade als ich mich fragte, wie wir aus diesem Gespräch heil wieder herauskommen sollten, ließ Trix sich auf ihren Stuhl neben mir fallen. Sie winkte Herrn Schuhpisser freundlich zu. »Guten Abend, Herr Schuhpisser! Hätten Sie vielleicht ein Eukalyptusbonbon für mich?«

Herr Schuhpisser holte seine Bonbontüte hervor und gab ihr eines. »Gerne. Die weiß nicht jeder zu schätzen.«

Trix steckte es sich in den Mund. »Ja, stimmt. Das sind alles Banausen. Na dann, danke schön und viel Vergnügen bei der Lesung!« Sie strahlte ihn an.

»Danke gleichfalls.«

Wir drehten uns zurück nach vorne.

»Schaut mal, was ich entdeckt habe«, flüsterte Trix uns zu. Sie tippte auf das Display ihres Mobiltelefons. Darauf war eine Aufnahme von einem verblassten Foto zu sehen. »Das Original hängt dort drüben an der Wand. *Sommer 1990* steht darunter. Erkennt ihr da vielleicht jemanden?«

Ich kniff die Augen zusammen. Das Foto war verdammt klein. Es zeigte vier Kinder, die in einer Reihe nebeneinander am Strand standen und die Arme umeinandergelegt hatten. Drei Mädchen und einen Jungen. Zwei der Mädchen waren Zwillinge. Beide hatten lange, dunkle Haare und trugen identische T-Shirts zu kurzen braunen Hosen. »Das könnten Klara und Aurora sein«, stellte ich leise fest.

Gebannt starrten wir auf das Foto.

»Wenn sie es wirklich sind, haben sie vielleicht als Kinder hier gelebt«, flüsterte Wiebke. »Und wer ist …? Ist das etwa …?«

Das dritte Mädchen auf dem Bild hatte rote Locken, aus denen neongrüne Ohrringe hervorlugten. Sie war in einen pinkfarbenen Jogginganzug und grell geblümte Gummistiefel gekleidet und sah aus wie eine Achtzigerjahre-Version von Wiebke.

»Ja, das ist meine Mutter als Kind!«, rief Wiebke.

Ein paar Leute drehten sich zu uns um.

Wiebke hielt sich die Hand vor den Mund. »Die drei scheinen Freundinnen gewesen zu sein«, sagte sie dann sehr viel leiser. »Damit ist klar, woher sie sich kennen. Aber wer ist der Junge?«

Das fragte ich mich auch. Er hatte hellblondes, fast weißes Haar und war klein und dick. Die Augen hatte er zusammengekniffen, als würde ihn das Blitzlicht stören. »Was hat der denn da am Kinn?«, murmelte ich. »Sieht aus wie eine zermatschte rote Riesenspinne.«

»Das ist ein Feuermal, eine harmlose Hautveränderung«, sagte Trix. »Mein Vater hat auch so was, aber viel kleiner.«

»Hier in Ruckelnsen kenne ich niemanden, der ein Feuermal im Gesicht hat«, stellte Wiebke fest. »Hm, das Foto scheint auf der Schiete-Insel aufgenommen worden zu sein. Im Hintergrund sieht man den Schiete-Turm.« Sie zeigte auf den verfallenen Kirchturm, der sich auf dem Bild in der Ferne erhob.

Ich nickte.

»Schiete Insel? Schiete-Turm? Könntet ihr mich mal aufklären?«, fragte Trix.

»Die Schiete-Insel ist ein winziges Eiland vor der Küste, auf dem es nichts gibt außer der Ruine eines alten Kirchturms«, erläuterte ich ihr. »Und Tausende Vögel, die dort die Beiprodukte ihrer Verdauungsvorgänge hinterlassen.«

Trix lachte. »Ich verstehe. Mit anderen Worten: Schiete.«

»Genau.«

»Die Schiete-Insel gehörte früher zum Festland. Sie wurde vor langer Zeit bei einer großen Flut abgetrennt«, ergänzte Wiebke. »Bei Ebbe kann man in zehn Minuten rüberlaufen.«

»Interessant. Ah, Auroralein kommt.« Trix packte ihr Handy ein.

Ich schaute nach vorne. Dort stellte Aurora Schwartz gerade ihre Leselampe mit dem grünen Schirm auf den Glastisch. Dann setzte sie sich auf die vorderste Kante des rechten Sessels und trippelte nervös mit den Füßen. Es sah aus, als würde sie jeden Moment aufspringen und wegrennen wollen.

»Die Lampe haben die beiden Schwestern selbst mitgebracht«, teilte ich Wiebke mit. »Ich habe sie am Bahnhof aus ihrer Reisetasche ragen sehen.«

»Echt?« Wiebke schüttelte den Kopf. »Seltsam. Obwohl – vielleicht kann Aurora Schwartz ja nur im Licht dieser Lampe lesen. Künstler sind oft sehr empfindlich.«

»Und da ist Auroras Schwester«, flüsterte Trix und zeigte auf einen Platz in der ersten Reihe ganz links am Rand. Dort saß, sehr aufrecht und mit hoch erhobenem Kopf, Klara.

Wiebke nickte.

Dann ging es los. Frau Schuhpisser trat nach vorne und klatschte in die Hände. Wie immer trug sie ein weit geschnittenes T-Shirt mit der Aufschrift *Ruckelnsen – Das Juwel am Schlick*, das ihr fast bis zu den Kniekehlen reichte.

»Es ist großartig, dass Sie so unglaublich zahlreich gekommen sind«, verkündete sie. »Und noch mehr freue ich mich, dass ich die unglaublich großartige Autorin Aurora Schwartz für eine großartige Lesung in Ruckelnsen gewinnen konnte. Sie liest aus ihrem brandneuen Fantasy-Roman, der erst am Dienstag nach Ostern erscheinen wird. Wir bekommen also einen großartigen, exklusiven ersten Einblick in das Buch. Vor allen anderen Leserinnen und Lesern. Großartig!«

»Das ist ja schön und gut«, ertönte eine weibliche Stimme aus der Reihe hinter uns, »aber vielleicht sollten Sie lieber mal Fakten nennen, Frau Schuhpisser. Stimmt es, dass in Ihrem *großartigen* Ferienort das Leitungswasser zurzeit nicht trinkbar ist?«

So wie alle anderen im Publikum, drehte ich mich zu der Sprecherin um. Direkt hinter uns saß eine junge Frau. Sie war vielleicht Anfang zwanzig und hatte kurze hellblonde Haare. Sie trug ein kariertes Holzfällerhemd. In den Händen hielt sie einen Block und einen Stift. »Ich komme vom *Humbuger Boten*«, sagte sie, »Mieke Harms ist mein Name. Ich berichte für meine Zeitung über die mysteriöse Verfärbung des Ruckelnser Leitungswassers, und ich hätte gerne eine Stellungnahme von Ihnen, Frau Schuhpisser. Sie sind hier doch die Bürgermeisterin, oder?«

Im Publikum wurde geflüstert.

»Äh, ja«, sagte Frau Schuhpisser.

»Ich habe mich heute in Ihrem sogenannten *Juwel am Schlick* ein wenig umgehört«, fuhr Mieke Harms fort. »Ich zitiere mal ein paar Aussagen Ihrer Urlauber: *Das ist eine Unverschämtheit. Dafür habe ich nicht bezahlt. In Ruckelnsen war ich gleich zwei Mal: Das erste und das letzte Mal. Denen werde ich im Internet eine gesalzene Bewertung schreiben.* Was sagen Sie dazu, Frau Schuhpisser?«

Frau Schuhpisser wurde so rot, dass ich es von meinem Platz aus sehen konnte. »Großartig, dass Sie das fragen. Ich hatte ohnehin vor, Sie alle über den Stand der Dinge zu informieren. Ja, also, die Wasserwerke sind verständigt, und ... und die schicken ein großartiges Kanalschwein durch die Rohre.«

Im Publikum wurde gelacht.

Vor meinem inneren Auge sah ich ein Schwein eifrig schnüffelnd durch unsere Rohre galoppieren.

»Ein Kanalschwein ist ein großartiges technisches Gerät, das selbstgesteuert durch die Kanäle fährt und nach auffälligen Stellen sucht«, sprach Frau Schuhpisser in das Gelächter hinein. »Und der großartige Mitarbeiter der Wasserwerke hat eine großartige Probe des grünen Wassers genommen, die unglaublicherweise bereits bis Dienstag nach Ostern untersucht sein wird. Und vor dem Rathaus wurde ein großartiger Tankwagen mit Trinkwasser aufgestellt, und ...«

»Und Sie erwarten, dass die Leute im Urlaub Eimer schleppen?«, fragte Mieke Harms.

Im Publikum wurde zustimmend gemurrt.

»Es tut uns wirklich sehr leid«, versicherte Frau Schuhpisser, »wir arbeiten an der Aufklärung des Vorfalls, und ... und ... und ...«

»Jetzt lassen Sie mal die arme Frau Schuhpisser in Ruhe, die Vorfälle sind schon so gut wie aufgeklärt, nä?«, rief Frau Hinnerksen dazwischen. Alle drehten sich zu ihr hin. »Die Detektei Donnerschlag hat den Fall nämlich übernommen.«

Frau Schuhpissers Augen suchten und fanden mich im Publikum. »Stimmt das, Harald?«

»Ähm ... ja, so ist es.«

Jetzt lasteten alle Blicke auf mir.

»Ach so!«, rief Mieke Harms. »Es kümmert sich also ein kleiner Junge um die Sache! Da bin ich ja beruhigt!«

Im Publikum wurde wieder gelacht.

»Ich bin nicht klein, sondern seit heute zwölf Jahre alt«, berichtigte ich sie. »Und ich ermittele nicht alleine, sondern zusammen mit meinen Kolleginnen Trix Dobbsen und Wiebke Jansen.«

»Na, dann ist Ruckelnsen ja in guten Händen«, höhnte Mieke Harms. »Wenn sich gleich *drei* Kinder des Falls annehmen!«

Im Publikum steckten die Leute die Köpfe zusammen und tuschelten.

»Die Detektei Donnerschlag wird den Fall lösen«, versicherte ich mit fester Stimme.

»Ich nehme dich beim Wort«, sagte Mieke Harms.

»Ruhe jetzt!«, brüllte Käpt'n Flock in den Saal. »Hört gefälligst der Frau Bürgermeisterin zu, ihr Sabbelbüddel! Wir sind für 'ne Lesung hier und nicht zum Klönschnack!«

Es wurde still.

Von hinten flüsterte mir jemand etwas ins Ohr. »Nimm's nicht persönlich – ich muss nun mal provozieren. Das gehört zum Beruf.« Mieke Harms klopfte mir auf die Schulter.

Ich rückte ein Stück von der Lehne ab. Leute, die einen erst angreifen und dann hinterher behaupten, das wäre gar nicht so gemeint gewesen, kann ich nicht ernst nehmen.

Frau Schuhpissers Gesicht färbte sich derweil noch röter. »Ja, äh … danke, Käpt'n Flock.« Sie wandte sich Aurora zu, die wirkte, als würde sie am liebsten unsichtbar werden. »Und jetzt zurück zu unserem Stargast. Ähmmmm … ja.« Mieke Harms hatte Frau Schuhpisser vollkommen aus dem Konzept gebracht. »Ach ja: Unglücklicherweise sind Aurora und ihre Schwester Klara«, sie zeigte auf Klara in der ersten Reihe, »für viele hier alte Bekannte. Äh, un*glaub*licherweise, meine ich natürlich. Wir sind nämlich unglücklicherweise zusammen mit Klara und Aurora in Ruckelnsen zur Schule gegangen. Nein, nein, un*glaub*licherweise, natürlich. Großartig!« Frau Schuhpisser klatschte sich selbst Beifall. »Klara und Aurora haben damals mit ihren Eltern in einer Blockhütte auf einer winzigen Insel vor der Küste Ruckelnsens gewohnt. Wir Einheimischen nennen sie die Schiete-Insel.« Frau Schuhpisser lachte.

Wiebke, Trix und ich nickten uns zu. Klara und Anna waren also wirklich die Zwillinge von dem Foto. Und sie hatten auf der Schiete-Insel gelebt!

Aurora verzog in ihrem Sessel das Gesicht, als hätte sie plötzlich furchtbare Zahnschmerzen.

Frau Schuhpisser schien das gar nicht zu bemerken. »Wir sind sehr stolz darauf, dass unser kleines Ruckelnsen eine so unglaublich berühmte Persönlichkeit wie dich hervorgebracht hat, Aurora.« Dann wandte sie sich wieder ans Publikum: »Und das Thema *Berühmte Ruckelnser* ist auch eine großartige Überleitung zu Auroras großartigem neuen Buch, aus dem sie heute vorlesen wird. Es handelt nämlich von der anderen unglaublich berühmten Tochter unseres Ortes, der großartigen Piratin, der Grünen Johanna. Großartig! Aurora greift in ihrer Geschichte die Legende auf, nach der es mehr als die bekannten fünf Strophen des Liedes der Grünen Johanna geben soll.« Frau Schuhpisser machte ein Gesicht, als würde sie gleich ein höchst geheimes Geheimnis ausplaudern. Sie senkte die Stimme. »Ihnen kann ich es ja verraten: Bei ihrer Recherche für das Buch ist Aurora mit der Hilfe ihrer Schwester Klara auf die sieben verschollenen Strophen gestoßen. Großartig! Und – manche von Ihnen werden es wissen: Einige der verschollenen Strophen offenbaren angeblich das Versteck des Piratenschatzes der Grünen Johanna.«

Ein Raunen ging durch das Publikum.

Frau Schuhpisser lächelte. »Wird Aurora uns gleich einen Hinweis auf das Versteck geben? Abwarten!«

Kapitel 7 🏴‍☠️

In dem Käpt'n Flock singt, ich meine Vorliebe für Fantasy-Literatur entdecke und wir eine Lesung mit Knalleffekt erleben.

Von draußen hörte man den Wind heulen. Ich sah aus dem Fenster. Es dämmerte.

»Großartig, sogar das Wetter spielt mit«, bemerkte Frau Schuhpisser. »Denn wer Auroras unglaubliche Bücher kennt, weiß, dass es nicht ohne Spuk abgehen wird. Sie können sich auf eine unglaublich spannende Geschichte freuen. Großartig! Und als Einleitung wird Käpt'n Flock uns die fünf allgemein bekannten Strophen des Liedes der Grünen Johanna vorsingen.« Mit diesen Worten ließ sie sich auf einen Platz in der ersten Reihe fallen.

Käpt'n Flock stand auf, holte sein Akkordeon aus dem Kasten, schnallte es um und stellte sich auf die Bühne. Er spielte ein düsteres Intro. Dann sang er mit dunkler, kratziger Stimme:

»Aus Ruckelnsen vor vielen Jahr
So flüstert es im Schlick

Kam eine Maid mit grünem Haar
Und bitterbösem Blick
So hört, was ich berichten will
Von jener wilden Frou
Die Meer und Gold ihr eigen nannt'
Die ihren Tod im Wasser fand
Und doch nie kam zur Ruh
Sie nannt' sich Grien Johanna.

Johanna ging auf Kaperfahrt
Für zwanzig lange Jahr'
Sie raubte, stahl und kämpfte hart
Und grien wurde ihr Haar
Vom Gold, vom Schmuck, vom feinen Stoff
Gab sie den Armen Brot
Die Hanse sprach: Sie ist verdammt
Nehmt eure Schwerter in die Hand
Und jagt sie bis zum Tod!
Das war die Grien Johanna.

Johanna hört die Hanse drohn
Und weiß, es ist vorbei
Sie gab den Männern ihren Lohn
Und setzte alle frei
Doch keiner ließ Johanna stehn

Wir kämpfen, war ihr Wort
So füllten sie ihr Gold und Geld
In einen Sack, der alles hält
Den Schatz brachten sie fort
Den Ort weiß Grien Johanna.

Vor Helgoland kam es zur Schlacht
Das Meer lag ruhig und weit
Johanna trotzt der Hansemacht
Doch nur für eine Zeit
Der blanke Hans erfasst ihr
Schiff
Die See brodelt und zischt
Und plötzlich bricht der
griene Bann
Mit Mast und Maus und
dreizehn Mann
Versinkt es in der Gischt
Und mit ihm Grien Johanna.

So ward Johanna unsichtbar
Jedoch ihr Ebenbild
Das strandete in Ruckelnsen
Wo Seegras wuchert wild
In Ruckelnsen am Schulzenhaus

Hängt nun die Frau aus Holz
Und wer Johannas Goldschatz sucht
Wird von dem hölz'nern Geist verflucht
Denn sie ist bös und stolz
Dann rächt sich Grien Johanna.«

Es folgte noch ein wildes Nachspiel auf dem Akkordeon, dann trat der Käpt'n von der Bühne.

Im Rathaus wurde es sehr still.

Gespannt sahen alle nach vorne.

Aurora saß in ihrem Sessel, als wäre sie nur zufällig hier vorbeigekommen.

»Aurora«, zischte Klara ihr von der ersten Reihe aus zu, »du musst jetzt vorlesen!«

Das schien Aurora aus ihrer Starre zu holen. Sie schlug das Buch auf – und in diesem Moment ging eine bemerkenswerte Veränderung in ihr vor. Sie richtete sich auf, straffte die Schultern und hob das Kinn. Mit dem Aufschlagen des Buches schien sie ein ganz anderer Mensch geworden zu sein: ruhig, selbstbewusst und sicher. Und dann begann sie zu lesen, mit tiefer, fester und doch sanfter Stimme.

Ich spürte, wie das Publikum sich augenblicklich entspannte und Aurora in die geheimnisvolle Welt folgte, die sie mit Worten vor uns aufbaute. Sie schilderte Ruckelnsen im Mittelalter, ein ärmliches Fischerdorf, in dem die Leute hart arbeiteten und dennoch wenig zu essen hatten. Aurora beschrieb das alles so gut, dass ich es regelrecht sehen und riechen konnte: die niedrigen Reetdachhäuser, die Kälte und Nässe, die Luft, in der sich der Rauch der Torf-Öfen mit dem Gestank des Schlicks mischte. In dieses Dorf kam Johanna mit fünf Jahren, nach dem Tod ihrer Eltern. Der Ruckelnser Pastor, ein Onkel Johannas, hatte ihre Pflege übernommen. Aurora ließ uns spüren, wie sehr die fünfjährige Johanna sich fürchtete, als sie ihr bequemes Leben in der Stadt gegen die raue Welt Ruckelnsens eintauschen musste. Ich konnte direkt hören, wie Johanna sich jede Nacht in den Schlaf weinte, leise, damit ihr Onkel sie nicht für undankbar hielt. Und ich spürte, wie es Johanna mit den Jahren langsam besser ging. Wie wissbegierig sie den Unterweisungen ihres Onkels, des Pastors, folgte: Lesen, Schreiben, Latein und Kräuterheilkunde.

Aurora machte eine Pause. »Jetzt überschlage ich ein paar Seiten«, kündigte sie an. »Der folgende Teil spielt, nachdem Johanna als Piratin über die Weltmeere gesegelt und vor Helgoland gekentert ist.« Aurora blätterte, dann ertönte wieder ihre volle, dunkle Stimme. Sie beschrieb, wie die Galionsfigur der Grünen Johanna in Ruckelnsen angeschwemmt wurde und die Ruckelnser sie trockneten und stolz der Welt präsentierten.

»Denn die Grüne Johanna war inzwischen eine Berühmtheit«, sprach Aurora, »berühmter noch als der legendäre Pirat

Klaus Störtebeker. Die Ruckelnser wollten sich mit ihr brüsten. Viele Jahre zierte die Figur das Ruckelnser Schulzenhaus, ohne dass etwas geschah. Doch dann nahm ein Unglücklicher die Suche nach dem Schatz der Grünen Johanna auf. Das hätte er besser nicht getan!«

Mit bebender Stimme las Aurora vor, wie sich das Wasser in den Brunnen und das Fell der Tiere grün färbte und nachts über dem Kirchturm ein grüner Totenkopf erschien.

Im Publikum wurde aufgeregt gemurmelt. Und auch Wiebke, Trix und ich warfen uns einen bedeutungsschweren Blick zu. Genau diese Dinge waren heute in Ruckelnsen geschehen – nur der Totenkopf über dem Turm fehlte noch.

Aurora las derweil weiter vor. In ihrer Geschichte machten die grünen Vorkommnisse den Ruckelnsern Angst, doch sie konnten den Schatzsucher nicht von seiner Jagd nach dem Schatz abhalten. Aus Rache verwandelte sich die Figur der Grünen Johanna schließlich in den Geist der Grünen Johanna und zog bei Dunkelheit und Nebel durch Ruckelnsen.

Zugegeben: Obwohl ich eigentlich nicht viel für Fantasy-Geschichten übrighabe, bekam ich eine Haut wie ein ganzer Schwarm Gänse. Im Raum hätte man eine Stecknadel fallen hören können. Ach was, sogar einen Bindfaden.

»Die Geistergaleere erschien mit einem grünen Flackern am Horizont«, flüsterte Aurora in den Raum. »Johanna lockte Frauen und Männer, Junge und Alte darauf. Ihre Opfer waren dazu verdammt, unsichtbar über die Weltmeere zu rudern, ohne Hoffnung auf Erlö...«

Vorne auf der Bühne blitzte kurz ein grünes Licht auf. Dann wurde es mit einem Knall dunkel im Raum.

Aurora schrie.

Durch die Fenster strahlte grelles grünes Licht herein. Es blinkte und flackerte unruhig. Ich stürzte zur Tür, genau wie Trix, Wiebke und alle anderen. Wir stolperten und fielen übereinander, und es dauerte eine ganze Weile, bis wir nach draußen gelangten. Dort war es genauso finster wie drinnen. Alle Laternen waren aus. Immer wieder zerschnitt ein grünes Flackern die Dunkelheit.

»Feuer, es brennt auf dem Deich!«, wurde gerufen.

Doch auf dem Deich wütete kein Feuer.

Sondern ein grüner Geist.

☠ Kapitel 8

In dem wir einen Geist verfolgen, einen Totenkopf über dem Meer schweben sehen und die Flucht ergreifen.

Meine Detektiv-Regel Nummer 27 lautet: *Ein Detektiv gibt sich nicht mit übernatürlichen Erklärungen zufrieden.* Trotzdem muss ich zugeben, dass auch ich für einen Moment glaubte, über dem Deich den Geist der Grünen Johanna zu erblicken. Dort blitzte immer wieder ein gespenstisches grünes Licht auf – und in der kurzen Dunkelheit dazwischen leuchteten wilde grüne Haare, grüne Lippen und große grüne Hände. Es sah aus, als würde die Erscheinung nur aus diesen Körperteilen bestehen.

»Das ist der Geist der Grünen Johanna!«, schrie jemand.

Dann trat eine furchtbare Stille ein.

Starr vor Schreck verfolgten die Menschen das grüne Spektakel. Das körperlose Gesicht schwebte über dem Deich und zog seine langen Haare hinter sich her wie Seetang im Wasser. Auch ich folgte gebannt mit den Augen den Bewegungen.

Schließlich riss ich mich zusammen, kniff mir fest in den

Arm und löste mich so aus meiner Lähmung. »Wir müssen da rauf«, zischte ich Wiebke und Trix zu, »und klären, wer hinter dem Spuk steckt!«

Doch bevor die beiden antworten konnten, fing der Geist der Grünen Johanna an zu sprechen, mit einer tiefen, vibrierenden Stimme, die man weniger zu hören als im Bauch zu fühlen schien. Die Stimme ließ mich auf der Stelle festfrieren, als hätte jemand einen Eimer Klebstoff über mir ausgegossen.

»Aurora Schwartz!«, dröhnte es. »Hör mir zu!«

»Ja?«, kam Auroras Stimme schwach aus der Menschenmenge.

»Aurora! Ist es wahr, dass du in deinem Buch die verlorenen Strophen des Liedes der Grünen Johanna verrätst? Des Liedes, das mein Schicksal erzählt?«

Aurora wimmerte.

»Aurora, antworte!«

»Ja!«, rief Klara. »Es stimmt!«

Der Geist schrie auf. »Die verlorenen Strophen führen zu meinem Schatz. Ich verbiete dir, das Versteck zu verraten. Vernichte dein Buch, Aurora. Niemand, niemand, wirklich *niemand* darf darin lesen, wo der Schatz sich befindet. Und niemand darf den Schatz suchen.«

»Aber ich …«, fing Aurora an.

Doch die tiefe Stimme sprach bereits weiter: »Wenn du dich

meinem Wunsch widersetzt, wird ganz Ruckelnsen dafür büßen. Das grüne Wasser und die Zeichnung der Schafe waren nur der Anfang. Hast du auch das verstanden?«

Aurora schwieg. Ich hörte sie schwer atmen.

»Wenn du nicht gehorchst, kommt meine Geistergaleere und holt alle Ruckelnser.«

»Bitte, bitte, tu den Leuten nichts!«, kreischte Aurora.

Ein Grollen fuhr über unsere Köpfe hinweg. Es klang wie ein Gewitter mit Keuchhusten.

»Geht weg!«, krächzte der Geist. »Lasst mich in Ruhe!«

Das grelle grüne Licht leuchtete noch einmal auf, dann blieb es dunkel.

Der Geist der Grünen Johanna war verschwunden.

Aurora schluchzte auf. In diesem Moment ging das Licht im Rathaus wieder an, und auch die Laternen außen am Haus leuchteten auf.

»Ke… kei… keine Panik«, hörte ich Frau Schuhpisser rufen, »es … es war nur eine Sicherung herausgeflogen.« Sie stieg auf einen Blumenkübel, sodass alle sie sehen konnten.

Die Leute redeten wild durcheinander.

»Ähm«, sprach Frau Schuhpisser mit zitternder Stimme, »tja … ja, also, ich … ich …« Ihre Stimme versagte. »Ich … ich … ich … ich danke der großartigen Darstellerin für diesen unglaublichen … äh … Auftritt. Mit dieser großartigen Einlage wollten wir vom Rathaus Ruckelnsen Sie für die un-

glaubliche Geschichte der Grünen Johanna begeistern. Ähm …
großartig!« Sie klatschte in die Hände.

»Von wegen«, rief Käpt'n Flock dazwischen, »lasst euch
nicht von der Schuhpisser verscheißern, nä? Das war der Geist
der Grünen Johanna, so wahr ich Käpt'n Flock heiße!«

Einige Leute lachten. Andere machten im schwachen Schein
der Laternen ängstliche Gesichter.

»Handeln Sie so, wie die Grüne Johanna es befehlen tut, Aurora Schwartz«, sprach Käpt'n Flock weiter. »Oder die Rrrrache
wird fürchterlich sein. Und dass keiner hier den Schatz suchen
tut, nä?«

Es gab ein plumpsendes Geräusch.

»Auroralein!«, kreischte Klara.

Die Leute traten auseinander und blickten entsetzt auf das
Kopfsteinpflaster zwischen sich.

Dort lag Aurora – leichenblass und bewegungslos.

Klara kniete neben ihr. »Sie ist bewusstlos«, jammerte sie.
»Auroralein, komm doch zu dir!«

»Lassen Sie mich durch, ich habe eine Ausbildung in Erster
Hilfe.«

Jemand drängte sich durch die Menge nach vorne. Es war
Herr Schuhpisser. Er hockte sich neben Aurora und fühlte ihren Puls. »Tatsächlich nur eine Ohnmacht.«

Aurora schlug die Augen auf. »Ist der Geist weg?«, fragte sie
schwach.

»Ja, Auroralein, er ist weg.« Klara strich ihr sanft über die Stirn.

»Am besten, Sie gehen jetzt alle nach Hause. Ich kümmere mich um die Dame«, verkündete Herr Schuhpisser mit fester Stimme. »Und machen Sie sich keine Sorgen: Es gibt keine Geister.«

Ich hörte Käpt'n Flock murren: »Und ob es den Geist der Grünen Johanna geben tut. Das werden die Schuhpissers auch noch einsehen müssen.« Er hob die Stimme. »Dass man bloß keiner den Schatz der Grünen Johanna sucht! Das müssen wir sonst alle büßen, nä? Und Sie«, er wandte sich an Klara, »müssen alle Bücher von Ihrer Schwester vernichten, bevor sie jemand lesen kann, klar?«

»Das kommt gar nicht infrage. Das Buch wird am Dienstag wie geplant erscheinen«, antwortete Klara kühl.

»Aber Sie haben die Grüne Johanna doch gehört!«, rief der Käpt'n. »Dann tut die Geistergaleere kommen, und wir sind alle verloren!«

In der Menge wurde es immer unruhiger.

»Der Käpt'n hat recht, vernichten Sie das Buch!«, rief jemand. An der Stimme erkannte ich Frau Aus dem Moore. »Sonst baden wir das alle miteinander aus.«

»Unsinn«, kommentierte Frau Sörensen. »Das ist doch völliger Quatsch. Es gibt keine Geister.«

»Oh doch, Frau Sörensen«, erwiderte Frau Hinnerksen, »es

gibt mehr zwischen Himmel und Erde, als wir uns vorstellen können.«

Auch die anderen Leute fingen an, aufgeregt miteinander zu tuscheln.

Ich nickte Wiebke und Trix zu. Wir mussten dringend auf den Deich und uns den Tatort ansehen.

Die beiden verstanden sofort und folgten mir leise. Wir sprachen kein Wort. Nur unsere Schritte auf dem Kopfsteinpflaster und einen Moment später auf dem Gras waren zu hören. Jetzt ging es steil den Deich hoch. Ich spürte, wie mein Atem stockte. Was erwartete uns auf der Deichkrone? War der Geist noch da?

Je weiter wir uns von der Straße und ihren Laternen entfernten, desto dunkler wurde es. Ich setzte einen Fuß vor den anderen, ohne etwas zu sehen. Immerhin bestand keine Gefahr, in Schafsköttel zu treten, denn hier weideten zurzeit keine Schafe. Andererseits wäre die Anwesenheit ein paar ganz normal blökender Lebewesen durchaus beruhigend gewesen. Doch außer unseren Schritten war nur das Knistern des Schlicks zu hören. Obwohl ich genau wusste, dass dieses Geräusch von winzigen Krebsen im Watt verursacht wurde, schauderte ich. *So flüstert es im Schlick*, klang in meinem Kopf das Lied der Grünen Johanna. *Kam eine Maid mit grünem Haar und bitterbösem Blick.*

Plötzlich ertönte von der See her ein ohrenbetäubendes Gekreisch. Ich taumelte zurück, konnte mich gerade noch fangen, nahm all meinen Mut zusammen und rannte das letzte Stück hoch. Das Geschrei dröhnte mir in den Ohren.

Als ich die Deichkrone erreichte, trat der Mond hinter den Wolken hervor. Glitzernd spiegelte er sich auf dem feuchten Watt. Im fahlen Licht sah ich Tausende Vögel auffliegen. Sie kreischten wie verrückt.

Dann wurde der Mond wieder von Wolken verdunkelt.

»Was ist das?«, keuchte Trix, die mit Wiebke nun ebenfalls oben angekommen war. »Seht ihr das auch?«

Draußen auf dem Meer schwebte, grün leuchtend, ein Totenkopf.

Wir standen wie erstarrt.

Es kam mir vor, als würde ich einen kalten Hauch im Nacken spüren.

Gleichzeitig drehten wir uns alle drei um und stürmten den Deich hinunter.

»Hilfe!« Ich schrie auf. Jemand oder etwas hatte mir ein Bein gestellt! Ich geriet ins Straucheln und fiel der Länge nach hin.

»Harald?«, hörte ich Wiebkes Stimme. Sie half mir auf.

»Du bist über was gestolpert.« Das war Trix. »Ich glaube, es ist ein Gummistiefel.«

»Nimm das Teil mit«, zischte Wiebke.

»Okay«, antwortete Trix leise. »Hab's in meinen Beutel gesteckt.«

Ein wahnsinniges, kreischendes Lachen dröhnte durch die Luft.

»Weg hier!«, schrie Trix.

Wir stürmten davon.

♋ Kapitel 9

In dem wir uns beruhigen, gleich wieder einen Schreck kriegen und zwei wichtige Entdeckungen machen.

Erst am Rathaus verlangsamten wir unsere Schritte. Im schwachen Licht der Laternen standen dort nur noch vier Personen: Klara und Aurora Schwartz, Frau Schuhpisser und Mieke Harms. Die Reporterin tippte eifrig in ihr Mobiltelefon. Klara Schwartz hatte den Arm um ihre Schwester gelegt, die sehr blass aussah.

»Bist du gestürzt, Harald?« Frau Schuhpisser sah mich besorgt an. »Ist alles in Ordnung mit dir?«

»Alles bestens.« Ich klopfte mir das nasse Gras vom Mantel und bemühte mich, nicht zu offensichtlich zu zittern. Das Bild des schwebenden grünen Totenkopfs stand mir noch deutlich vor Augen.

»Hat die Grüne Johanna dich erwischt?«, flüsterte Aurora Schwartz entsetzt.

Trix grinste. »Genau. Der Geist der Grünen Johanna hat Harald mit Gras beworfen. Buh.«

Aurora zuckte zusammen.

»Mach meiner Schwester bloß nicht noch mehr Angst, hörst du?«, fuhr Klara Trix an.

Trix winkte ab. »Entschuldigung. Ich glaube nun mal nicht an Geister.« Sie legte den Arm um ihren Leinenbeutel. Daran zeichneten sich die Umrisse des Gummistiefels ab, über den ich gestolpert war. Ich konnte es kaum erwarten, dieses Beweisstück genauestens zu untersuchen.

»Du solltest nicht über die Grüne Johanna scherzen«, bat Aurora. »Das macht sie bestimmt noch wütender.«

»Es gibt doch keine Geister, Auroralein.« Klara strich ihrer Schwester sanft über den Rücken.

»Wo sind eigentlich die ganzen Leute hin?«, erkundigte sich Wiebke.

Frau Schuhpisser seufzte. »Es ist mir einigermaßen gelungen, sie zu beruhigen und nach Hause zu schicken. Ich hatte zwischendurch fast Angst vor einer Massenpanik. Manche Menschen sind einfach zu leicht zu beeindrucken. Einige waren vollkommen außer sich vor lauter Angst vor dem Geist. Und andere wollten gleich losziehen, um den Schatz der Grünen Johanna zu suchen. Wie kann man nur so leichtgläubig sein?«

Wie zur Antwort erscholl wieder das furchtbare Lachen.

»Was ist das?«, rief Frau Schuhpisser.

Trix zuckte zusammen. Auch mir stellten sich die Nackenhaare auf.

Noch einmal war das Lachen zu hören.

»Hilfe!«, schrie Aurora. »Das ist die Grüne Johanna! Sie ist zurückgekehrt, um mich zu holen.«

»Keine Angst, Auroralein«, sprach Klara auf sie ein.

Mieke Harms schien vollkommen unbeeindruckt.

Auch Wiebke blieb ruhig. »Harald«, sagte sie, »ist eigentlich dein Handy an?«

»Äh ... wieso Handy?« Doch Wiebke musste nicht mehr antworten. Ich spürte, wie mein Kopf so rot wurde wie ein Krebs im Thermalbad.

»Was denn?« Trix schaute von Wiebke zu mir und wieder zu Wiebke.

Ich holte mein Mobiltelefon heraus. »Tatsächlich. Drei Nachrichten von Magnus.«

»Wir haben Haralds Signaltöne neu eingestellt«, erklärte Wiebke. »Bei eingehenden Nachrichten von seinem großen Bruder ertönt jetzt ein echtes Bösewichtlachen. Harald fand das lustig.«

Ich räusperte mich. »Zum damaligen Zeitpunkt, ja. Hm.«

Mieke Harms lachte.

Um den anderen nicht in die Augen schauen zu müssen, sah ich mir die Nachrichten an.

Hallo, Harald, ich schaffe es heute Abend nicht mehr nach Ruckelnsen, hab zu viel zu tun. Sorry. Bin morgen da. VG Magnus.

Später hatte Magnus geschrieben:

Spukt wirklich ein Geist in Ruckelnsen herum? Ist ja cool!
Und wenige Sekunden darauf:
Kommt aber bloß nicht auf die Idee, in der Sache Nachforschungen anzustellen! Oma bringt mich um, wenn ihr einen Geist jagt und euch was passiert.

Ich steckte das Telefon wieder ein. Woher wusste Magnus von dem angeblichen Geist? Doch ich hatte keine Zeit, über diese Frage nachzudenken.

»Die Detektei Donnerschlag ermittelt wegen des grünen Leitungswassers, stimmt's?«, fragte Frau Schuhpisser uns.

Wir nickten.

»Und wegen der grünen Totenköpfe auf den Schafen«, ergänzte Wiebke.

»Großartig. Dann nehmt euch doch bitte auch diese Geistererscheinung vor, ja? Es ist sicher nichts anderes als ein dummer Streich, aber es bringt Unruhe und Unfrieden nach Ruckelnsen. Das können wir nicht gebrauchen.«

»Wollen Sie die Detektei Donnerschlag beauftragen?«, hakte Trix nach. Wie auf Kommando zogen wir gleichzeitig unsere nigelnagelneuen Visitenkarten.

Frau Schuhpisser nahm alle drei entgegen, doch sie warf nur einen oberflächlichen Blick darauf. »Gut. Bitte findet möglichst schnell heraus, was hinter all dem steckt. Das wäre wirklich unglaublich großartig.«

Ich zückte meinen Notizblock. »Wir übernehmen den Fall

gerne.« Dann wandte ich mich an Aurora Schwartz. »Vielleicht könnten Sie uns gleich ein paar Auskünfte geben.«

»Nein«, sprach Aurora mit krächzender Stimme, »ich sage nichts. Das verärgert die Grüne Johanna nur noch mehr! Und ihr solltet sie auch in Ruhe lassen, ich bitte euch!«

Klara strich ihr über den Rücken. »Es gibt doch gar keine Geister, Auroralein. Da hat sich jemand einen Scherz mit uns erlaubt, das ist alles.« Sie warf uns einen strengen Blick zu. »Meine Schwester braucht Ruhe. Respektiert das bitte.«

In diesem Moment kam Herr Schuhpisser aus dem Rathaus. »Drinnen ist so weit alles in Ordnung. Die Stühle können wir morgen Vormittag wegräumen, jetzt wird es zu spät.« Als er uns entdeckte, stutzte er. »Was wollt ihr Kinder denn noch hier, müsst ihr nicht langsam mal ins Bett?«

Ich warf einen kurzen Blick auf die Uhr. »Nein. Wir ermitteln nämlich im Auftrag Ihrer Frau.«

Herr Schuhpisser stöhnte. »Silke, du hast doch nicht ernsthaft diese Möchtegerndetektive engagiert?«

»Haben Sie das Rathaus abgeschlossen?«, fragte ich schnell dazwischen.

»Natürlich, Harald«, sagte Herr Schuhpisser. »Ich lasse das Rathaus doch nicht über Nacht offen.«

»Wäre es möglich, dass wir uns dort noch kurz umsehen?«, erkundigte ich mich. »Unter Umständen finden wir Hinweise auf den Verursacher der Geistererscheinung.«

Herr Schuhpisser verdrehte genervt die Augen. »Ich habe mich bereits drinnen umgeschaut, da ist nichts Bemerkenswertes zu finden.«

»Aber Sie sind kein Detektiv«, warf Wiebke ein.

Frau Schuhpisser nickte. »Da hat Wiebke recht. Maik, könntest du die drei bei ihren Ermittlungen beaufsichtigen und dann das Rathaus abschließen? Ich bringe Klara und Aurora rasch mit dem Auto in ihre Pension.«

Herr Schuhpisser seufzte. »Von mir aus. Aber bitte beeilt euch, Kinder. Es sind schließlich Ferien, und ich habe keine Lust, in meiner Freizeit stundenlang Mini-Detektive zu beaufsichtigen.« Er winkte uns, mitzukommen.

Mieke Harms wollte sich anschließen, doch Herr Schuhpisser schüttelte den Kopf. »Sie bleiben schön draußen.«

Die Reporterin fügte sich, allerdings war ihr anzusehen, wie sie mit den Zähnen knirschte.

Drinnen war es dunkel. Herr Schuhpisser schaltete die Deckenbeleuchtung ein. Ich schaute mich um. Alles wirkte genau wie vorhin, nur dass die Stühle etwas unordentlicher standen – das waren die Spuren des überhasteten Aufbruchs der Leute aus dem Publikum. »Und das Licht ist wirklich wegen einer herausgeflogenen Sicherung ausgegangen?«, fragte ich.

Herr Schuhpisser nickte. »Ich habe sie wieder eingesetzt, und wie du siehst«, er wies zur Decke, als hätte er soeben die Sonne erschaffen, »funktioniert es wieder.«

»Aha. Danke für die Auskunft.«

Zu dritt durchkämmten wir die Sitzreihen, fanden jedoch nichts als etwas Staub.

Herr Schuhpisser war am Eingang stehen geblieben und schaute uns ungeduldig bei der Arbeit zu.

»Hier saß Klara, oder?« Trix beugte sich über den Stuhl in der ersten Reihe ganz links.

Ich nickte. »Ja, das war ihr Platz.«

»Hm. Leider nichts.« Trix hockte sich hin und suchte den Boden unter dem Stuhl ab. »Hier auch nichts. Aber es riecht so seltsam.«

Wiebke sah sich auf der Bühne um. »Stimmt. Irgendwie verbrannt.« Sie zeigte auf die Leselampe mit dem grünen Schirm, die noch immer auf dem kleinen Glastisch zwischen den beiden Sesseln stand. »Kommt der Geruch von der Lampe?«

Ich zog mir Handschuhe über, ging zu Wiebke auf die Bühne und hob die Lampe an. Sie war an keine Steckdose angeschlossen.

»Seid ihr bald fertig? Ich habe nicht vor, hier zu übernachten!«, rief Herr Schuhpisser.

»Ja, gleich.« Ich untersuchte die Lampe. »Tatsächlich. Das Kabel ist angeschmort.«

»Das ist die Lampe, die Aurora und Klara mitgebracht haben«, stellte Trix fest.

»Warum bringen sie extra eine eigene Leselampe mit und schalten sie dann nicht ein?«, überlegte Wiebke.

»Nur weil der Stecker jetzt nicht steckt, kann sie doch vorhin an gewesen sein.« Ich nahm den Kippschalter unter die Lupe. »Der Schalter steht jedenfalls auf An.«

Wiebke schüttelte den Kopf. »Die Lampe war während der Lesung nicht eingeschaltet. Das weiß ich genau, weil ich noch gedacht habe: Das hat Frau Schuhpisser sicher vor lauter Stress mit dieser Reporterin vergessen.«

»Aber die Lampe muss an gewesen sein, sonst würde sie doch nicht verschmort riechen«, wandte ich ein.

Plötzlich flüsterte Trix: »Ich glaube, ihr habt beide recht. Erinnert ihr euch an den kurzen Blitz, den es auf der Bühne gab, bevor das Licht ganz ausging? In diesem Moment muss jemand die Lampe an die Steckdose angeschlossen haben. Der Schalter stand schon auf An, der Stromkreis schloss sich also, sobald der Stecker in der Dose war. Das erklärt den Kurzschluss. Wenn man ein defektes Elektrogerät ans Stromnetz anschließt, dann fliegen unter Umständen die Sicherungen raus.«

Ich sah zu Herrn Schuhpisser hinüber. Er schaute gelangweilt zur Decke. Ich sprach extra leise: »Das heißt, dass die Lampe defekt ist und jemand das Kabel kurz vor dem Erscheinen des Geistes an die Steckdose angeschlossen haben muss. Aurora war es nicht, die haben wir die ganze Zeit gesehen.«

»Also war es vermutlich Klara«, sagte Wiebke. »Die Steckdose befindet sich direkt neben ihrem Platz links an der Wand.«

»Das reicht jetzt!«, rief Herr Schuhpisser von der Tür. »Ich will nach Hause, und ihr solltet längst im Bett liegen.« Er schaltete die Deckenbeleuchtung aus, wohl in der Hoffnung, dass wir im Dunkeln nicht weiter ermitteln würden und er endlich nach Hause gehen konnte.

»Alles klar, wir kommen!« Ich verbarg die Leselampe unter meinem Mantel.

»Ups!« Mit einem Krachen stolperte Trix über einen der beiden Sessel. »Aua!«

»Habt ihr was kaputt gemacht?«, rief Herr Schuhpisser.

»N…nein.« Trix rappelte sich auf. Dann flüsterte sie: »Hier neben dem Sessel liegt das Buch, aus dem Aurora gelesen hat. Das muss sie vor lauter Schreck fallen gelassen haben.« Sie steckte das Buch in ihren Leinenbeutel zu dem Gummistiefel, klopfte sich den Staub von der Kleidung, und wir gingen nach vorne zur Tür.

Als wir das Rathaus verließen, lungerte immer noch Mieke Harms davor herum.

»Na, recherchieren Sie für Ihr Schmierblatt?«, fuhr Herr Schuhpisser Mieke an.

Sie ging gar nicht darauf ein. »Und?«, fragte sie uns. »Habt ihr eine Spur? Wer steckt hinter dem Spuk?«

Wir schüttelten die Köpfe.

»Hm.« Mieke sah uns skeptisch an. »Ihr wollt eure Informationen nicht preisgeben, stimmt's? Das ist euer gutes Recht. Aber glaubt mir: Ich finde sowieso alles heraus. Und dann könnt ihr es im *Humbuger Boten* lesen.« Damit drehte sie sich um und ging.

Herr Schuhpisser stöhnte. »Ich sehe die Schlagzeile schon vor mir: *In Ruckelnsen ist das Trinkwasser grün, die Schafe tragen Totenkopf-Tattoos, und unbescholtene Urlauber werden von falschen Geistern bedroht.*«

»Möglich«, sagte Trix. »Aber an der Formulierung müsste man noch ein bisschen arbeiten.«

Wir verabschiedeten uns.

Auf dem Weg nach Hause wehte ein kalter, feuchter Wind, doch wir waren viel zu aufgeregt, um zu frieren.

»Was denkt ihr«, fragte ich meine Kolleginnen, »gehen das grüne Wasser, die grünen Totenköpfe auf den Schafen, der schwebende Totenkopf über dem Meer und die Erscheinung des Geistes auf die Rechnung ein und desselben Täters?«

»Ich glaube schon«, antwortete Wiebke. »Schließlich hat der angebliche Geist gesagt, das grüne Wasser und die Zeichnung der Schafe wären nur der Anfang gewesen. Das legt nahe, dass dies alles zusammenhängt. Aurora beschreibt das ja auch so in ihrem Buch: Das Wasser wird grün, das Fell der Tiere färbt sich grün, und ein grüner Totenkopf steht über dem

Kirchturm. Aber: Wer steckt hinter all dem? Und mit welcher Absicht?«

Trix schnaufte. »Ich würde sagen: Klara Schwartz. Schließlich hat sie höchstwahrscheinlich den Kurzschluss ausgelöst.«

»Aber Aurora ist vor Schreck in Ohnmacht gefallen«, widersprach Wiebke. »Das wäre doch nicht passiert, wenn die Schwestern etwas mit dem Auftauchen der Grünen Johanna zu tun hätten.«

»Auroralein muss ja gar nichts davon wissen«, entgegnete Trix. »Vielleicht hat Klara das Ganze eingefädelt, ohne dass ihre Schwester etwas davon ahnt. Allerdings muss Klara einen Komplizen haben, der den Geist gespielt hat. Sie selbst war ja die ganze Zeit vor Ort.«

Ich nickte. »Ich stelle mir das so vor: Der Komplize – oder die Komplizin – hielt sich während der Lesung als Geist verkleidet hinter dem Deich bereit. Zu einem verabredeten Zeitpunkt verband Klara die defekte Leitung der Lampe mit der Steckdose. Es gab einen Kurschluss, die Sicherungen flogen heraus, und es wurde dunkel. Das war das Signal für den Komplizen. Alle liefen nach draußen, wo auf dem Deich der Komplize den Geist der Grünen Johanna gab.«

Trix zupfte an ihrer Fliege. »Und jemand hat *Das ist der Geist der Grünen Johanna!* gerufen. Könnte das Klara gewesen sein?«

»Es war eine Frauenstimme, da bin ich mir sicher«, sagte Wiebke. »Aber ob es Klaras Stimme war? Ich weiß nicht. Und aus welchem Grund sollte sie das denn überhaupt alles machen?«

»Da habe ich vielleicht eine Idee.« Trix holte ihr Telefon heraus. »Harald, such die Wörter *Ruckelnsen* und *Geist*.«

»Wird-gemacht-Trix«, kam meine Stimme aus ihrem Handy. »Für-Ruck-elnsen-und-Geist-gibt-es-fünf-hundert-Treffer.«

»Bingo.« Trix hielt uns das Gerät so hin, dass wir auf das Display schauen konnten. »Wie ich vermutet habe: Die sozialen Medien sind voll vom Geist der Grünen Johanna. Klara hat direkt nach der Erscheinung überall gepostet, dass bei Auroras Lesung der Geist aufgetaucht ist und befohlen hat, das Buch zu vernichten. Wenn ihr mich fragt: Das ist ein handfestes Motiv. Der Spuk erzeugt Aufmerksamkeit für Auroras neuen Roman.«

»Deshalb wusste Magnus also von dem angeblichen Geist!« Ich berichtete den beiden von seinen Nachrichten.

»Typisch Magnus«, bemerkte Wiebke. »Er ist so was von unzuverlässig.«

Ich selbst war gar nicht so unglücklich darüber, dass Magnus noch nicht da war. Ohne einen Aufpasser hatten wir mehr Freiraum zum Ermitteln.

Wiebke überlegte weiter: »Dann hat meine Mutter Klara vielleicht zurecht verdächtigt. Wie ist sie nur darauf gekommen? Warum hat sie geahnt, dass die Zwillinge etwas mit dem grünen Wasser und den Tierzeichen zu tun haben? Kennt sie etwa, so wie Aurora, die verschollenen Strophen? Aber woher? Ich habe sie noch nie über die Grüne Johanna sprechen hören, sie interessiert sich eigentlich gar nicht für so was.«

»Dazu sollten wir morgen deine Mutter befragen«, schlug ich vor.

Wiebke seufzte. »Hoffentlich verrät sie uns was. Sie kann so was von verschwiegen sein.«

Auch wir schwiegen eine Weile vor uns hin – bis wir Käpt'n Flocks Heimat- und Schiffffahrtsmuseum erreichten. Bei der Figur der Grünen Johanna blieben wir stehen. Alles war still. Obwohl ich sie schon oft gesehen hatte, durchfuhr mich ein Schauer. Diese langhaarige Frauengestalt hatte nichts Freundliches an sich. Sie war von oben bis unten grün und blickte den Betrachter wütend und entschlossen an. Ich gebe es ungern zu, doch die Figur erschien mir plötzlich irgendwie – lebendig.

»Der Käpt'n ist wohl wirklich davon überzeugt, dass es sich auf dem Deich um den Geist der Grünen Johanna gehandelt hat«, flüsterte Wiebke, »und Ruckelnsen bedroht ist.«

»Da war er nicht der Einzige.« Ich schlug meinen Mantelkragen hoch. »Die Leute haben sich ja richtiggehend gestritten deshalb. Einige glauben felsenfest, die Erscheinung wäre der Geist der Grünen Johanna gewesen. Andere sind vollkommen sicher, dass es keine Geister gibt.«

Trix nickte. »Ich glaube grundsätzlich nicht an Geister, aber dieser wirkte verdammt echt. Wir müssen unbedingt ermitteln, wie der ganze Spuk erzeugt wurde.«

Plötzlich öffnete sich am Haus ein Fenster. »He, ihr Spitzboven, was habt ihr hier zu suchen?«

»Huch, Käpt'n Flock!« Erschrocken setzte ich einen Schritt zurück und kollidierte dabei mit Trix. Sie stieß gegen die Mülltonne, die auf dem Bürgersteig stand. Ein Scheppern hallte durch die Nacht, und etwas rollte über das Kopfsteinpflaster.

»Was ist denn da draußen los?«, brüllte Käpt'n Flock aus dem Fenster.

Schnell stopften wir den Müll zurück in die Tonne.

»Seht zu, dass ihr wegkommen tut!«, brüllte Käpt'n Flock.

»Harald, Trix, schaut mal, was in der Tonne war«, zischte Wiebke und hielt uns etwas hin. Im milchigen Licht der Straßenlaterne erkannte ich eine Art Spraydose.

Die Dose war grün.

»Das ist Viehkennzeichnungsfarbe!«, flüsterte Wiebke.

»Unglaublich«, entfuhr es mir.

»Wird's bald?«, rief Käpt'n Flock von oben.

Wiebke steckte die Dose ein, wir stellten die Tonne auf und hauten ab.

🕱 Kapitel 10

In dem wir die Indizien in Augenschein nehmen, einen männlichen Daumen verdächtigen und Besuch von zwei grünen Geisterhänden bekommen.

Eine Viertelstunde später saßen wir mit einer Kanne Tee und dem restlichen Zitronenkuchen um den Schreibtisch in meiner Detektei. Ich stellte die Leselampe auf den Tisch, Wiebke legte die Dose Viehkennzeichnungsfarbe dazu, und Trix steuerte das Buch und den Gummistiefel bei. Er war grün-gelb geblümt, innen mit pinkfarbenem Fleece gefüttert und Schuhgröße 42.

Wiebke atmete hörbar ein.

Auch ich traute meinen Augen nicht. »Das kann nicht sein.«

»Was kann nicht sein?«, fragte Trix. »Dass die Grüne Johanna Quadratlatschen hat?«

Ich warf Wiebke einen Blick zu. Solche Gummistiefel mit Blümchen drauf trug in Ruckelnsen eigentlich nur eine Erwachsene – Frau Jansen.

»Ähm«, murmelte Wiebke. »Also … es scheint, als würde der Stiefel meiner Mutter gehören. Sie hat drei Paare geblümte

Gummistiefel in verschiedenen Farben. Eines sieht genau so aus.« Sie zeigte auf den Stiefel. »Und sie hat Schuhgröße 42.« Wiebke wurde unter ihren Sommersprossen rot.

»Echt?« Trix kaute an ihrem Daumennagel. »Der Stiefel gehört vielleicht deiner Mutter?«

Ich winkte ab. »Selbst wenn das Frau Jansens Stiefel ist, heißt das überhaupt nichts. Sie kann ihn zu jedem anderen Zeitpunkt auf dem Deich verloren haben. Sicher weiden da auch manchmal Schafe von euch, oder, Wiebke?«

Wiebke schüttelte den Kopf. »Dieses Frühjahr haben sie dort noch nicht gestanden. Und der Stiefel sieht nicht aus, als läge er seit letztem Sommer auf dem Deich. Außerdem hatte meine Mutter das grüne Paar vor Kurzem noch an. Da war der zweite Stiefel also noch nicht verschwunden.«

Ich seufzte. »Trotzdem ist nicht bewiesen, dass der Stiefel in irgendeinem Zusammenhang mit dem Auftritt des Geistes steht. Ich schlage vor, dass wir uns den anderen Indizien zuwenden. Was sagt ihr zu der Viehkennzeichnungsfarbe?« Mit einem Taschentuch wendete ich die Spraydose vorsichtig hin und her. »Darauf steht: *Spezialfarbe für Schafe.*«

»Eindeutiger geht es ja kaum«, bemerkte Trix.

Wiebke sah die Dose skeptisch an. »Ich kann mir trotzdem nicht vorstellen, dass Käpt'n Flock unsere Schafe angesprüht haben soll.«

»Das beweist die Dose aus seinem Müll ja auch nicht eindeutig«, erwiderte ich. »Vielleicht hat der Käpt'n zu einem anderen Zweck grüne Viehkennzeichnungsfarbe benötigt. Allerdings hat er keine Schafe, soviel ich weiß.«

»Oder jemand anders hat die Dose in Käpt'n Flocks Müll geworfen«, ergänzte Wiebke. »Die Müllabfuhr war heute Morgen da. Seitdem hat seine Tonne leer auf dem Bürgersteig gestanden. Theoretisch konnte also jeder dran.«

»Stimmt.« Ich zog Handschuhe über und nahm mir die Dose. »Ich werde sie mal eben nach Fingerabdrücken untersuchen.«

Dazu holte ich einen weichen Pinsel und ein schwarzes Pulver aus meiner Schreibtischschublade. Nachdem ich es mit dem Pinsel aufgetragen hatte, pustete ich vorsichtig das überschüssige Pulver weg. Tatsächlich zeigten sich gleich sechs Abdrücke! Es waren eindeutig die fünf Finger einer linken Hand und ein rechter Daumen.

»Sehr schön«, kommentierte Trix. »Die Dose hat für Fingerabdrücke eine perfekte Oberfläche.«

Wiebke schien nicht ganz so begeistert. »Ähm ... sind die Abdrücke der linken Hand nicht eher klein? Sieht aus wie von einer ungefähr Elfjährigen.« Sie zeigte auf sich. »Ich hab die Dose in der Aufregung ohne Handschuhe oder Taschentuch angefasst.«

»Das wissen wir gleich.« Ich zog die Abdrücke mit einem Streifen Tesafilm von der Spraydose und klebte sie in meinen

Notizblock. Anschließend drückte Wiebke die Finger ihrer linken Hand erst auf ein Stempelkissen und dann auf den Block.

Leider hatte sie recht. Die Abdrücke der linken Hand auf der Spraydose stammten von ihr.

»Aber der dicke Daumen hier«, ich zeigte auf den Daumenabdruck in meinem Block, »der ist bestimmt nicht von dir. Wir haben also immerhin einen verwendbaren Fingerabdruck auf der Dose. Wir sollten sofort den Stiefel, die Lampe und das Buch untersuchen. Vielleicht ist darauf etwas zu finden.«

»Das übernehme ich.« Trix zog sich die Handschuhe über und legte los.

Nach zehn Minuten präsentierte sie uns das Ergebnis. »Also: Der Gummistiefel hat leider gar nichts erbracht. Kein Wunder, bei der Nässe auf dem Deich. Auf der Leselampe und dem Buch sind, der Größe nach zu urteilen, jeweils die Fingerabdrücke zweier Frauen. Ich tippe auf Klara und Aurora. Die Abdrücke wirken nämlich fast identisch.«

Wiebke holte ihr Mobiltelefon heraus. »Ich recherchiere mal eben über Fingerabdrücke von Zwillingen. Moment … hier steht was … aha. Die Fingerabdrücke von eineiigen Zwillingen sind sich oft ähnlicher als die von anderen Menschen, aber niemals gleich.«

Wir sahen uns die Abdrücke an.

»Das passt«, stellte ich fest. »Dass die Schwestern auf dem Buch und der Lampe Spuren hinterlassen haben, sagt aber eigentlich nicht viel aus. Schließlich gehört ihnen beides. Hm. Das bringt uns nicht weiter. Aber Moment mal – wir haben ja noch ein Beweisstück vergessen! Das Pillendöschen.«

»Stimmt.« Trix fischte das silbrig glänzende Pillendöschen aus ihrer Anzugtasche und legte es auf den Tisch.

»Das haben wir bei euren Schafen auf dem Deich gefunden«, erklärte ich Wiebke. »Gehört das vielleicht irgendwem aus eurer Familie? Es ist ein Monogramm eingraviert: *M. S.*«

Wiebke betrachtete es. »Nein, so was hat keiner bei uns.«

»Dann sollten wir es ebenfalls nach Fingerabdrücken untersuchen«, schlug ich vor.

Diesmal übernahm Wiebke die Prozedur. Mit einem äußerst interessanten Ergebnis: Auf dem Döschen war der gleiche männliche Daumenabdruck wie auf der Spraydose!

Zufrieden lehnten wir uns zurück.

Ich griff nach Block und Stift. »Lasst uns eine Liste der Verdächtigen zusammenstellen.«

Genau das taten wir.

1. Klara Schwartz

Verdachtsmomente: Klara hatte Gelegenheit, den Stecker der defekten Lampe einzustöpseln. Und sie hat die Geistererscheinung direkt nach der Lesung im Internet gepostet.

Entlastendes: Sie war während der Lesung anwesend, kann also nicht den Geist auf dem Deich gespielt haben.

Mögliches Motiv: Die Geistererscheinung erzeugt Aufmerksamkeit für das neue Buch ihrer Schwester, das am Dienstag nach Ostern erscheint.

2. Käpt'n Flock
Verdachtsmomente: In seiner Mülltonne befand sich eine leere Dose grüner Viehkennzeichnungsfarbe für Schafe.
Entlastendes: Auch er war während der Lesung anwesend, kann also nicht den Geist auf dem Deich gespielt haben.
Mögliches Motiv: unklar.
Fragen: Gehört ihm der Daumenabdruck auf dem Pillendöschen und der Spraydose? Könnte er ein Komplize von Klara Schwartz sein? Kennen sich die beiden?

3. Ein unbekannter Mann
Mögliches Motiv: Unbekannt, da Mann unbekannt.
Fragen: Ist der Daumenabdruck auf dem Pillendöschen und der Spraydose seiner? Ist er der Komplize von Klara Schwartz?

Ich kaute an meinem Stift. »Ähm … Wiebke …«

»Ist schon klar.« Wiebke verschränkte die Arme vor der Brust. »Du willst meine Mutter auf die Liste setzen, stimmt's?«

»Korrekterweise müssten wir das tun, ja. Meine Detektiv-Regel Nummer 4 lautet: *Jeder ist verdächtig.*«

»Jeder?« Trix grinste. »Also nicht *jede*? Damit ist Frau Jansen ja aus dem Schneider. Klara allerdings auch.«

Ich verdrehte die Augen. »Dann eben: *Jede und jeder ist verdächtig.* Wiebke, deine Mutter kennt Klara und Aurora, sie war bei der Lesung nicht anwesend, und ihr Stiefel lag auf dem Deich. Vielleicht könntest du sie morgen vorsichtig darauf ansprechen?« Ich legte den Block beiseite.

Wiebke nickte. »Mach ich. Und wir sollten morgen versuchen, Käpt'n Flock unauffällig Fingerabdrücke abzunehmen.«

»Das übernehme ich«, sagte Trix. »Am besten lasse ich in seiner Nähe irgendwas fallen. Dann hebt er es auf, und wir haben unsere Abdrücke.«

»Ob er wirklich was für dich aufhebt?«, zweifelte Wiebke. »Du hältst den Käpt'n für höflicher, als er ist. Aber probieren könnten wir es ja.«

Damit war ich einverstanden. »Wie erklärt ihr euch eigentlich den schwebenden grünen Totenkopf?«, fragte ich dann in die Runde. »Wie hat der Täter das gemacht? Und wie hat er den Geist der Grünen Johanna erzeugt? Und das grüne Blitzen?«

Wir sahen uns müde an.

Wiebke gähnte. »Ich glaube, das kriegen wir heute Abend nicht mehr raus.«

»Miau!«

Trix schaute zum Kellerfenster hinüber, wo das Miauen ertönt war. »Das war Miss Moneypenny. Kam das von dort?«

»Miau-hau!«

Ich ging zum Fenster und öffnete es.

Dort saß tatsächlich Miss Moneypenny.

Neben ihr leuchteten zwei grüne Hände in der Dunkelheit!

Für einen schrecklichen Moment standen wir zitternd da.

»Miau-hau-hau-hau!«

Dann sprang Miss Moneypenny herein.

Und mit ihr die grünen Hände.

»Da ist ja auch Fräulein Karnelia!« Trix beugte sich zu den Katzen hinunter. »Was ist denn das?«

Auf Fräulein Karnelias Fell prangten verwischte grüne Handabdrücke.

»Der Geist hat sie angefasst!«, krächzte Trix entsetzt.

Ich spürte, wie meine Nackenhaare sich aufstellten.

Schweigend starrten wir die Katze an.

»Meint ihr, der Geist der Grünen Johanna existiert doch?«, fragte Trix tonlos.

»Und wennschon«, sagte Wiebke mit fester Stimme. »Geister sind unser Geschäft.«

Kapitel 11

In dem wir gegen meine Detektiv-Regel Nummer 14 verstoßen, Remmer Klaus meinen Hut verspeist und wir die Quelle des Grünen Wassers entdecken.

Am nächsten Morgen wachte ich erst um kurz vor elf Uhr auf. Ich fühlte mich, als hätte ich ganz alleine die Geistergaleere der Grünen Johanna über das Meer gerudert. In der Küche kochte ich eine Kanne Tee mit dem Wasser, das Trix und ich am Tag zuvor vom Tankwagen geholt hatten. Zum Essen stellte ich den Rest des Geburtstagskuchens auf den Tisch. Den Detektivhut aus Marzipan nahm ich vorsichtig von der Glasur herunter und legte ihn daneben. Ich fand ihn zu schade zum Essen.

Als auch Trix und Wiebke aus ihrem Zimmer gekommen waren, versammelten wir uns um den Küchentisch, schauten verschlafen schweigend in unsere Becher und hörten dem Regen zu, der vom Wind gegen das Fenster geweht wurde. Keiner rührte den Kuchen an. Das verstieß zwar gegen meine Detektiv-Regel Nummer 14: *Frühstücke stets ausgiebig, denn die Ermittlungen lassen dir vielleicht keine Zeit für weitere Mahlzeiten —* doch ich bekam einfach nichts herunter. Im Kopf ergänzte ich die Regel: *Außer, du hast am Tag zuvor einen grünen Geist und einen schwebenden Totenkopf gesehen.*

Ein schauerliches Lachen erklang. Ich zuckte zusammen.

Trix verdrehte die Augen. »Dieser Signalton geht mir langsam auf die Nerven. Stell das Telefon doch mal auf lautlos, Harald.«

Das tat ich. Dann las ich die Nachricht: *Moin, Harald, rechnet heute Abend erst spät mit mir. Am besten zeigst du Trix mal das Heimat- und Schifffahrtsmuseum, das ist doch eine Attraktion* ☺ *Viele Grüße von Magnus.*

»Was schreibt Magnus denn?«, fragte Wiebke.

»Er kommt erst spät heute Abend.«

»Typisch«, kommentierte Wiebke.

Ich musste lächeln. Magnus wusste gar nicht, wir gut mir das passte. Wir würden noch einen ganzen Tag lang freie Bahn für unsere Ermittlungen haben.

»Mau-haunz!« Miss Moneypenny und Fräulein Karnelia liefen in die Küche. Die beiden schienen sich ganz gut erholt zu haben, obwohl Fräulein Karnelia immer noch die Reste der grünen Handabdrücke auf dem Fell trug. Am Abend vorher hatten wir festgestellt, dass sie aus grüner Leuchtfarbe bestanden. Besonders auffällig war die beträchtliche Größe der Hände. Sie erinnerte an den dicken Daumenabdruck auf der Spraydose und dem Pillendöschen.

Trix strich Miss Moneypenny über das Fell. »Ich frage mich,

ob das mit den grünen Handabdrücken mit Absicht oder aus Versehen passiert ist. Falls jemand das extra gemacht hat, müssen wir es als Botschaft an uns verstehen.«

»Als Drohung?«, fragte Wiebke.

»Höchstwahrscheinlich«, kommentierte Trix. »Aber es muss ja nicht unbedingt Absicht gewesen sein. Vielleicht sind die Katzen dem Darsteller des Geistes der Grünen Johanna gestern Abend einfach zufällig über den Weg gelaufen, und er mag Katzen und hat Fräulein Karnelia gestreichelt – ohne an die grüne Leuchtfarbe an seinen Händen zu denken.«

»Hm.« Wiebke zog eine ihrer Locken lang und ließ sie zurückspringen – ein deutliches Zeichen dafür, dass sie angestrengt nachdachte.

Auch ich wägte Trix' Theorie ab. Dabei machte ich den beiden maunzenden Katzen eine Dose Kitty-Glitter-Futter auf, von dem uns seit unserem letzten Fall der Fabrikant Gustav Gammlich aus Dankbarkeit jeden Monat eine Kiste voll schickte. Als die Katzen zufrieden mampften, wandte ich mich an meine Detektiv-Kolleginnen.

»Wenn das stimmt, haben wir schon einen Hinweis darauf, wie die schwebenden Körperteile der Grünen Johanna zustande kamen: Der Geisterdarsteller – oder die Geisterdarstellerin – war schwarz gekleidet und trug grüne Leuchtfarbe an den Körperteilen, die für uns als Betrachter in der Luft zu schweben schienen. Die langen Haare könnten eine grüne Leuchtperücke gewesen sein. Weil es komplett dunkel war, sahen wir nur die grün leuchtenden Körperteile, nicht aber den schwarz gekleideten Rest der Person.«

Trix nickte. »Bei Fräulein Karnelia war gestern der Effekt der gleiche. Durch ihr dunkles Fell waren im Dunkeln nur die grünen Handabdrücke darauf zu sehen.«

Wiebke gähnte. »Ich habe heute Nacht online etwas zum Thema Leuchtfarbe gelesen. Ich lag nämlich ewig wach. Trix hat so furchtbar geschnarcht.«

»Gar nicht!«, protestierte Trix.

Bevor Wiebke darauf eingehen konnte, öffnete sich die Küchentür.

Remmer Klaus kam herein. »Guten Morgen, nicht wahr! Huch, nicht so stürmisch.«

Die Katzen liefen an ihm vorbei aus der Küche hinaus.

»Ist hier in der Tat ein Frühstück zu bekommen?« Heute trug Remmer Klaus eine blaue Weste mit roten Blumen drauf.

Wiebke zog einen Stuhl unter dem Tisch hervor. »Wir können Ihnen ein Stück Zitronenkuchen anbieten. Und einen Becher Tee dazu?«

»Ach ja, das wäre in der Tat ganz wunderbar. Oder ganz *großartig*, wie eure Bürgermeisterin sagen würde.« Remmer Klaus lachte und zeigte seine breite Zahnlücke.

Auch Wiebke lächelte. »Harald besorgt Ihnen beides gerne. Nicht wahr?«

»Äh … ja, in der Tat.« Ich stand auf und holte einen weiteren Becher, einen Teller und eine Gabel aus dem Küchenschrank.

»Sehr aufmerksam.« Remmer Klaus ließ sich auf den Stuhl neben Wiebke fallen.

Ich goss ihm Tee ein und legte ein Stück Kuchen auf seinen Teller. »Bitte schön.«

»Verbindlichsten Dank.«

»Gern geschehen.« Ich setzte mich wieder hin.

Er nahm einen Schluck Tee und wischte sich den Mund ab. »Ach, das tut gut, nicht wahr? Ich habe vergangene Nacht in der Tat kaum ein Auge zugetan. Das war ja was, die Sache gestern Abend, nicht wahr? Habt ihr euch gegruselt, als der Geist der Grünen Johanna über dem Deich erschien? Also, ich bin ehrlich: Ich hätte mir in der Tat beinahe in die Hosen gemacht.« Er prustete in seinen Tee.

»Wir glauben nicht an Geister«, teilte ich ihm mit.

Wiebke und Trix nickten.

Remmer Klaus biss in sein Stück Kuchen. »Schmeckt köstlich«, sagte er mit vollem Mund. »So saftig! Ich glaube in der Tat auch nicht an Geister. Aber in der richtigen Atmosphäre kann ein solcher Auftritt durchaus auch bei ganz vernünftigen Menschen wirken. Zumal, wenn die Sache auf einer solch spannenden Legende beruht, nicht wahr?« Noch ein Happs, und sein Teller war leer.

»Wäre es möglich, ein zweites Stück von diesem leckeren Kuchen zu bekommen?«

Ich gab ihm noch ein Stück. Schließlich war der Gast König.

Remmer Klaus nahm einen großen Bissen und redete direkt weiter. »Was meint ihr – ob es den Schatz wohl wirklich gibt? Immerhin heißt es im Lied der Grünen Johanna: *Die Meer und Gold ihr eigen nannt.* Das klingt ja in der Tat nach einem Schatz.«

Wiebke schüttelte den Kopf. »Vermutlich hat es ja nicht mal die Grüne Johanna gegeben. Das ist nur eine alte Geschichte.«

Remmer Klaus vertilgte die zweite Hälfte seines Kuchenstücks und nahm sich gleich noch eins. »Ja, da hast du recht. Legenden wie die der Grünen Johanna sind wohl in der Tat einfach dazu da, um den Leuten etwas zum Träumen zu geben. Ein mittelloses Waisenmädchen, das sich den Likkedeelern anschließt und eine erfolgreiche Piratin wird – das ist ja wie im Märchen. Das gibt auch heute noch all jenen Hoffnung, die mit ihrem Leben unzufrieden sind.«

Er schmatzte zufrieden und nahm sich das nächste Stück.

»Likkedeeler?«, fragte Trix. »Das sagt mir gar nichts.«

»So nannten sich damals die Piraten«, erklärte Wiebke. »Das hatten wir mal in der Schule. *Likkedeeler* heißt so viel wie *Gleichteiler.* Sie haben die Beute nämlich gerecht zwischen sich aufgeteilt.«

Remmer Klaus kaute und nickte. »Piraten standen zu dieser Zeit oftmals im Dienst von Herzögen oder Königen, für die sie feindliche Schiffe überfielen. Die Likkedeeler nicht. Sie handelten auf eigene Rechnung. Man sagt, sie hätten den Reichen genommen und den Armen gegeben. Deshalb waren sie im Volk auch gar nicht unbeliebt.« Er griff sich das letzte Stück meines Zitronenkuchens. »Ich mach die Kuchenplatte mal leer, ja? Nicht dass dieses schöne Stück aus reiner Höflichkeit liegen bleibt, nicht wahr?«

Traurig sah ich dabei zu, wie es in zwei Happen in seinem Mund verschwand.

»Vorzüglich.« Er ließ seinen Blick über den Tisch schweifen. Und griff nach dem Marzipan-Detektivhut!

»Ähm …«, fing ich an – doch zu spät. Auch der Hut fand den Weg in den gierigen Magen von Remmer Klaus.

Er lehnte sich zurück und faltete die Hände vor dem Bauch. »Die Verpflegung in dieser Ferienunterkunft ist in der Tat ungewöhnlich, aber durchaus wohlschmeckend.« In einem Zug leerte er seinen Becher, dann stand er auf. »Nun denn, ich werde dieses wunderbare Frühstück jetzt auf einem Spaziergang verdauen. Der Regen scheint ja aufgehört zu haben.« Er zeigte zum Fenster, durch das inzwischen sogar ein wenig Sonne hereinfiel. »Ich wünsche euch einen schönen Tag.«

Als er die Küchentür hinter sich geschlossen hatte, stöhnte ich auf. »Mein schöner Kuchen! Und der Detektivhut. Den hat meine Oma extra aus Marzipan für mich gemacht!«

»Irgendwann hätte der Hut ja sowieso gegessen werden müssen, Harald«, bemerkte Trix. »Oder hattest du vor, ihn zu tragen? War ja nicht ganz deine Größe.«

»So wird er seinen Fettbauch jedenfalls nicht los«, murmelte ich.

»*Bauchfett*, nicht Fettbauch«, korrigierte mich Trix.

»Ist das nicht dasselbe?« Ich bemühte mich, das Wesentliche im Auge zu behalten. »Wo waren wir überhaupt stehen geblieben?«

»Bei der Farbe auf Fräulein Karnelias Fell.« Wiebke pickte mit dem Finger die Kuchenkrümel von der Platte. »Ich habe recherchiert, dass es sich um sogenannte Nachleuchtfarbe handeln muss.«

»Nachtleuchtfarbe«, verbesserte ich sie.

»Nein, Nach-leucht-farbe. Die heißt so, weil sie im Hellen Licht aufnimmt, das dann im Dunkeln strahlt. Deshalb leuchtete das Grün, obwohl es keine Lichtquelle gab.«

Ich nickte. »Das passt. Es blitzte ja gestern Abend zwischendurch immer wieder grün auf. Aber der angebliche Geist war gerade in den Momenten der Dunkelheit zu sehen. Und der schwebende Totenkopf? Der kann ja schlecht mit Nachleuchtfarbe auf den Himmel gemalt worden sein, oder?«

»Vielleicht … eine Fahne?«, schlug Trix vor. »Eine schwarze Fahne, auf die in grüner Leuchtfarbe ein Totenkopf gemalt wurde?«

Ich pfiff durch die Zähne. »Das ist möglich. Auf dem dunklen Nachthimmel hat man dann nur den grün leuchtenden Totenkopf gesehen, und es wirkte so, als würde er schweben. Die Fahne wurde auf dem Schiete-Turm gehisst, wetten? Das sollten wir nachher überprüfen.«

Wiebke nickte. »Übrigens, zum Thema Totenkopf: Ich habe heute Nacht im Internet auch über Piraten recherchiert. Zu dem Totenkopf-Symbol, dem sogenannten *Jolly Roger*, habe ich was Interessantes gefunden. Der Täter oder die Täterin scheint sich nicht besonders gut mit Piraten auszukennen. Der Jolly Roger wurde erstmals um das Jahr 1700 herum auf Piratenflaggen gesehen. Die Grüne Johanna lebte aber dreihundert Jahre vorher.«

»Vielleicht war sie ihrer Zeit voraus«, warf Trix ein.

Wiebke lachte. »Vielleicht. Für den Täter ist das ja eigentlich egal. Ihm geht es nicht um historische Exaktheit, sondern wohl nur darum, dass die Leute von heute die Totenköpfe auf den Schafen und auf der Fahne als Piratenzeichen verstehen.«

»Trotzdem sagt das etwas über den Täter aus«, stellte ich fest. »Würde jemand, der sich mit der Grünen Johanna auskennt – zum Beispiel die Schwartz-Schwestern und Käpt'n Flock – so einen Fehler machen? Wohl eher nicht, oder? Aber Klara Schwartz und der Käpt'n sind ja zurzeit eigentlich unsere Hauptverdächtigen. Wie passt das zusammen?« In Gedanken versunken, ging ich zur Spüle, drehte den Wasserhahn auf und wollte trinken.

»Harald!«, schrie Wiebke. »Da kommt doch grünes Wasser raus!«

Mir wurde ganz anders. Beinahe hätte ich die grüne Giftbrühe geschluckt! Ich wollte den Wasserhahn zudrehen, doch ich stutzte: Das Wasser, das herauslief, wechselte die Farbe! Es wurde immer hellgrüner, je länger es lief.

»Hä?«, rief Trix.

Ich schnupperte. Der Hähnchengeruch war noch da. Doch die grüne Färbung wurde immer schwächer. Fast hätte es schon als ganz normales Leitungswasser durchgehen können.

Trix sprang auf. »Ich kontrolliere eben das Wasser im Badezimmer.«

Einen Moment später hörten wir, wie sie nebenan im Bad das Wasser ein- und ausschaltete.

»Aus der Duschbrause und am Waschbecken kommt es nach wie vor giftgrün«, berichtete sie, als sie zurück in der Küche war. »Wie ist das zu erklären?«

Ich betrachtete das hellgrüne Wasser, das aus dem Hahn lief. Dann drehte ich ihn zu. »Hm. Könnte es sein, dass sich die grüne Farbe irgendwie verbraucht? Hier in der Küche wurde sehr viel mehr grünes Wasser gezapft als im Bad. Meine Oma hat das Wasser in der Küche gestern eine Weile laufen lassen, und ich gerade auch. Im Bad hingegen habe ich das Wasser gestern nur kurz zur Kontrolle aufgedreht.«

»Also befindet sich die Quelle der grünen Farbe vermutlich

nicht in der Zuleitung zum Haus, sondern direkt im Wasserhahn«, folgerte Trix.

»Ja, das sollten wir sofort überprüfen.« Leider hatte ich noch nie an einem Waschbecken herumgeschraubt und stand ziemlich ratlos davor. »Äh …«

Wiebke schob mich zur Seite. »Lass mich mal ran. Wir müssen auf dem Hof oft Sachen selbst reparieren.« Sie holte ein Eincentstück aus der Hosentasche und schraubte damit an der Öffnung des Wasserhahns herum. »Ich nehme das Sieb heraus, wo das Wasser normalerweise durchläuft. Vielleicht sitzt darunter irgendwas.« Ein paarmal rutschte sie mit der Münze ab, dann gelang es ihr, das Sieb zu entfernen.

»Igitt!« Wiebke machte einen Schritt zurück.

Aus dem Wasserhahn kam eine dünne, schleimige hellgrüne Masse. Ein zartes Hähnchenaroma ging von ihr aus.

❦ Kapitel 12

In dem wir eine Telefonumfrage machen, Trix keine Lust auf Eukalyptusbonbons hat und uns ein unglaublicher Verdacht kommt.

Trix fasste sich als Erste. Bevor der Schleim durch den Abfluss verschwinden konnte, zog sie sich schnell Handschuhe an und stopfte die Masse in einen Gefrierbeutel aus dem Küchenschrank meiner Oma. »Da ist auch irgendwas Festeres dazwischen«, sagte sie dann und wühlte in dem Beutel herum. »Schaut mal.«

Auf ihrer Handfläche präsentierte sie uns ein winziges Teil, das aussah wie eine Medikamentenkapsel, die in der Hälfte durchgeschnitten worden war.

Trix betrachtete das Ding genau. »Also wenn ihr mich fragt, dann waren das hier«, sie hielt den Plastikbeutel mit der hellgrünen Masse hoch, »auch mal Kapseln. Wahrscheinlich sind die Teile wasserlöslich.«

Wiebke nickte. »Das ergibt Sinn. Der Täter hat die Kapseln irgendwann in den Wasserhahn gefüllt. Und musste nur abwarten, bis sie durch das Wasser langsam aufgelöst werden und eine grün färbende Substanz abgeben. Moment, ich sehe gleich mal im Badezimmer nach.«

Trix und ich folgten ihr.

Im Bad schraubte Wiebke den Wasserhahn und die Duschbrause auf. Aus beidem kam eine schleimige grüne Masse, in der sich noch intakte Kapseln befanden. Es roch penetrant nach Hähnchen. Schnell fing Wiebke das Zeug in einer Plastiktüte auf.

Zur Lagebesprechung gingen wir hinunter in meine Detektei. Die beiden Tüten mit der Kapselmasse deponierten wir auf meinem Schreibtisch, dann versammelten wir uns drum herum.

»Seltsam, die intakten Kapseln sind mit einem roten Pulver gefüllt«, stellte Trix fest.

»Wie wird das Wasser davon grün?«, fragte Wiebke.

»Das werden wir gleich wissen.« Trix sprach in ihr Mobiltelefon: »Harald, suche die Begriffe: *rotes Pulver, Wasser, grüne Färbung.*«

»Einen-Moment-Trix«, kam meine Stimme aus ihrem Telefon. Und ein paar Sekunden später: »Uranin-ist-ein-rotes-Pulver-das-zur-Auffindung-von-Lecks-in-Leitungen-verwendet-wird-es-verleiht-Wasser-eine-grüne-Färbung.«

»Uranin?« Trix blickte auf ihr Telefon. »Oh ja, unter den Treffern ist ein Artikel über einen Fluss in der Schweiz, der mit diesem Mittel von Umweltschützern giftgrün gefärbt wurde. Das Zeug scheint nicht gesundheitsschädlich zu sein.«

Sie zeigte uns das Foto. Tatsächlich hatte der Fluss haargenau die gleiche grellgrüne Farbe wie unser Leitungswasser.

»Beweisen kann das natürlich nur die chemische Analyse der Wasserwerke«, sagte Wiebke. »Aber es scheint sehr wahrscheinlich, dass sich Uranin in den Kapseln befindet.«

»Kapseln«, murmelte ich. Das Wort stieß etwas in meinem Kopf an – aber was? »Die Rechnung ...«

Trix atmete hörbar ein. »Das kann nicht sein.«

Wiebke sah uns verständnislos an. »Welche Rechnung? Was kann nicht sein?«

Ich holte die Rechnung hervor und legte sie vor Wiebke auf den Tisch. »Davon haben wir dir nichts erzählt, weil wir es für belanglos hielten. Wir haben gestern Wasser geholt. Ein Stück vom Tankwagen entfernt lag diese Rechnung von einem Tierfutterhandel. Herr Schuhpisser hat dort sogenannte Katzenkapseln bestellt. Und eine Kapselbefüllungsmaschine.«

Wiebke studierte die Rechnung. »Katzenkapseln? Was soll das denn sein?«

»Mal sehen, was bei *Gut-Im-Futter.de* darüber steht.« Trix schaute auf ihr Telefon. »Aha: Wasserlösliche Gelatinekapseln mit Hähnchengeschmack. Geeignet zur Verabreichung von Medikamenten an Katzen, da das Hähnchenaroma den scharfen Geschmack der Medizin übertönt.«

»Hähnchenaroma.« Wiebke wurde blass. »Und mit der Kapselbefüllungsmaschine kann Herr Schuhpisser die Kapseln mit Uranin befüllt haben. Aber warum sollte er unser Leitungswasser grün färben? Seine Frau ist die Bürgermeisterin, und für sie ist das grüne Wasser ein Riesenproblem. Wir haben ja gesehen, wie verlegen sie gestern Abend war, als diese Mieke Harms sie darauf angesprochen hat.«

Ich nickte. »Das Motiv ist in der Tat rätselhaft. Vielleicht hat Herr Schuhpisser die Kapseln zu einem ganz anderen Zweck bestellt. Ärgerlich, dass wir meine Großmutter nicht vernehmen können. Sie könnte uns sagen, ob Herr Schuhpisser in den letzten Tagen bei uns im Haus war.«

»Am besten rufen wir die Leute an, von denen wir wissen, dass sie von dem grünen Wasser betroffen sind«, schlug Wiebke vor, »und fragen sie, ob sie Besuch hatten, bevor das Wasser grün wurde. Hast du ein Telefonbuch da, Harald?«

»Ja klar, das gehört zur Grundausstattung jeder ordentlichen Detektei.«

Wiebke sah auf die Uhr. »Punkt zwölf. Hm. Da stören wir die Leute beim Mittagessen, oder?«

Trix winkte ab. »Aber die werden doch froh sein, wenn wir ihnen verraten, wie sie das Zeug aus ihren Wasserhähnen entfernen können.«

»Okay.« Ich holte mein Mobiltelefon heraus. »Dann telefonieren wir jetzt die Haushalte durch, die ich markiert habe, weil ihr Leitungswasser grün ist.«

Wiebke nickte. »Und wie formulieren wir die Frage?«

»Vielleicht: *War in den letzten Tagen eine fremde Person bei Ihnen zu Hause?*«, schlug Trix vor.

»Oder besser einfach: *Wer war in den letzten Tagen bei Ihnen im Haus oder in der Wohnung?*«, sagte Wiebke. »Wenn wir gezielt nach Fremden fragen, geht uns der Täter oder die Täterin durch die Lappen, falls die Leute ihn kennen. Schließlich verdächtigen wir Herrn Schuhpisser.«

Ich stimmte Wiebke zu. »Meine Detektiv-Regel Nummer 28 lautet: *Formuliere deine Fragen so, dass sie die Antwort der Zeugen möglichst wenig beeinflussen.*«

»Okay«, gab Trix zu. »Ihr habt recht. Und ... Moment mal, mir fällt gerade was auf!« Sie holte ein Eukalyptusbonbon aus der Tasche.

»Was fällt dir auf? Dass du Lust auf ein Eukalyptusbonbon hast?«, hakte ich nach.

Trix schwieg und sah das Bonbon an. Dann schüttelte sie

den Kopf. »Nee, ich habe gerade gar keine Lust auf ein Eukalyptusbonbon. Aber euer Mathelehrer, Herr Schuhpisser, hat immer Lust drauf, oder? Und wir hatten bisher keine Ahnung, wie diese Bonbons in eure Küche gekommen sind. Könnte es sein, dass Herr Schuhpisser die liegen gelassen hat, als er euren Wasserhahn manipuliert hat?«

Die Vorstellung, dass sich mein Mathelehrer vielleicht tatsächlich unter einem Vorwand in unsere Küche geschlichen hatte, um unseren Wasserhahn zu manipulieren, verschlug mir für einen Moment die Sprache. »Möglich ist es«, sagte ich dann. Plötzlich fiel mir noch etwas auf, das mir direkt wieder die Sprache verschlug. »Das … das Pillendöschen, das wir auf dem Deich gefunden haben – da sind doch die Buchstaben *M.* und *S.* eingraviert, oder?«

»Ja, warum?«, fragte Trix.

Wiebke verstand sofort, was ich meinte. »Herr Schuhpisser heißt Maik mit Vornamen. Maik Schuhpisser – *M. S.*« Sie schüttelte den Kopf. »Meint ihr, er ist wirklich in die Sache verwickelt? Er war mir ja noch nie sehr sympathisch, aber immerhin ist er Lehrer. Da kann er doch nicht kriminell sein, oder?«

Einen Moment lang schwiegen wir betroffen. Dann riss ich mich zusammen. »Jetzt hilft nur eins: herausfinden, ob Herr Schuhpisser tatsächlich schuldig ist.«

»Also fragen wir die Leute am besten auch, ob sie bei sich Eukalyptusbonbons gefunden haben«, schlug Wiebke vor.

Trix und ich nickten.

Kurz darauf klang es in meiner Detektei wie in einem Callcenter. »Ja, hier Wiebke Jansen von der Detektei Donnerschlag«, hörte ich Wiebke sagen, während ich selbst mich gerade von einem Teilnehmer mit den Worten verabschiedete: »Ah ja, sehr aufschlussreich. Danke schön!«

Eine halbe Stunde später hatten wir die Liste der Haushalte durchtelefoniert.

Gespannt sah ich Trix und Wiebke an. »Also, ich weiß ja nicht, wie es bei euch ist, aber bei mir zeichnet sich ganz klar ein Verdächtiger ab: der ...«

»... Gasmann!«, riefen die beiden.

»Genau«, bestätigte ich. »Das haben meine Zeugen auch gesagt. Herrn Schuhpisser hat allerdings niemand erkannt. Falls er als Gasmann bei den Leuten eingedrungen ist, war er sehr gut verkleidet.«

»Und alle Leute hatten nach dem Besuch des Gasmanns einzelne Eukalyptusbonbons oder aber Bonbonpapiere bei sich herumfliegen«, ergänzte Trix.

»Bei meinen auch«, sagte Wiebke.

»Und bei meinen Zeugen ebenfalls.« Zufrieden lehnte ich mich zurück. »Bei jedem ist also ein Mitarbeiter der Gaswerke gewesen, der Bonbons und Bonbonpapiere hinterließ. Laut meiner Zeugen war er gestern Vormittag da, und bei euch?«

Trix und Wiebke nickten. »Er hat den Leuten gegenüber behauptet, die Gastherme überprüfen zu müssen, weil es angeblich Störfälle im Versorgungsnetz gab«, berichtete Wiebke. »Bei der Überprüfung der Therme müssen aus Sicherheitsgründen alle Personen außer dem Gasmann den Raum verlassen. So hatte er eine gute Begründung, alleine in den Küchen der Leute zu sein. Und als er fertig war, hat er gefragt, ob er mal kurz das Bad benutzen darf.«

Das stimmte mit der Aussage meiner Zeugen überein. »Wenn er alleine in Küche und Badezimmer war, hat er wohl schnell die Kapseln deponiert«, vermutete ich. »Und dann musste er nur noch abwarten, bis sie sich auflösen und das Uranin entlassen.«

»Das ist gut möglich, aber wir sollten trotzdem noch die Gegenprobe machen«, gab Trix zu bedenken. »Nicht dass der Gasmann ganz regulär unterwegs war und sein Besuch nur zufällig mit dem grünen Leitungswasser zusammenfällt. Und er die gleichen Bonbons mag wie Herr Schuhpisser. Am besten rufen wir noch ein paar Leute an, bei denen das Wasser nicht grün ist. Wenn der Gasmann auch bei denen war ...«

»Du hast vollkommen recht«, fiel ich ihr ins Wort. »Ich rufe gleich mal Frau Sörensen an. Bei ihr ist laut Frau Hinnerksen das Wasser nicht grün.« Mit vor Aufregung zitternden Fingern suchte ich die Nummer aus dem Telefonbuch und gab die Ziffern in mein Telefon ein. Vielleicht würde unsere schöne

Theorie gleich in sich zusammenfallen wie ein Kartenhaus in Leichtbauweise. Ich stellte das Telefon auf Lautsprecher.

Es tutete.

»Sörensen?«

»Moin, Frau Sörensen, Harald Donnerschlag von der Detektei Donnerschlag hier. Bei Ihnen ist das Leitungswasser nicht grün, oder?«

»Nee, Harald, zum Glück nicht.«

»Aha. Wir würden im Rahmen unserer Ermittlungen gerne wissen, ob bei Ihnen gestern ein Mitarbeiter der Gaswerke war.«

»Ja, Harald, da war einer von den Gaswerken«, sagte Frau Sörensen.

Ich hörte Wiebke und Trix enttäuscht seufzen.

Doch dann hängte Frau Sörensen dran: »Aber wir heizen ja gar nicht mit Gas, nä? Der hatte sich wohl in der Adresse vertan.«

»Danke, Frau Sörensen!« Ich legte auf. Und strahlte meine Kolleginnen an. »Jetzt ist alles klar. Der angebliche Gasmann hat einfach kreuz und quer in Ruckelnsen geklingelt und behauptet, dass er die Gastherme überprüfen müsse. Aber die Leute, die gar nicht mit Gas heizen, haben ihn natürlich nicht hereingelassen. Deshalb ist ihr Wasser nicht grün.«

Trix zupfte an ihrer Fliege. »Das heißt, die völlig wirre Verteilung des grünen Wassers über Ruckelnsen ist durch die Wahl seiner Tarnung entstanden. Nur Leute, die mit Gas heizen, haben grünes Wasser – einfach deshalb, weil der Täter sich als Gasmann verkleidet hat.«

Zur Kontrolle riefen wir noch einige Leute an, bei denen das Wasser nicht grün war. Bei allen hatte gestern ein Mann von den Gaswerken vor der Tür gestanden, obwohl sie gar keine Gastherme hatten.

Ich kaute auf meinem Stift herum. »Wir müssen Frau Schuhpisser Bescheid geben, dass wir die Quelle des grünen Wassers gefunden haben. Sie sollte dann der Bevölkerung Ruckelnsens mitteilen, wie die Kapseln entfernt werden können.«

»Und was genau sagen wir ihr?«, fragte Wiebke. »Dass ihr Mann unser Hauptverdächtiger ist? Leider liegt sogar der Verdacht nahe, dass sie mit ihm unter einer Decke steckt. Vielleicht haben die Schuhpissers den gesamten Spuk gemeinsam inszeniert.«

Trix nickte. »Genau. Am besten teilen wir Frau Schuhpisser nur mit, dass wir die Quelle des grünen Wassers gefunden haben. Und beobachten ihre Reaktion. Auf diese Weise können wir eventuell feststellen, ob sie sich schuldig fühlt. Oder ob sie zumindest etwas über die Sache weiß.«

Damit waren Wiebke und ich einverstanden.

»Gut.« Ich stand auf. »Frau Schuhpisser betreut ja die Ruckelnser Zimmervermittlung im Rathaus. Die hat auch an einem Sonntag wie heute auf. Vielleicht treffen wir sie dort an.«

🏴‍☠️ Kapitel 13

In dem die Grüne Johanna sich in Luft auflöst,
Ruckelnsen zum Touristenmagneten wird und eine Herde
Urlauber eine Herde Schafe verfolgt.

Eigentlich hatte ich erwartet, dass wir an einem Ostersonntag
um ein Uhr mittags die Straßen Ruckelnsens fast für uns haben
würden. Das Gegenteil war der Fall. Kaum dass wir ein Stück
in Richtung Ortszentrum gelaufen waren, entdeckten wir eine
Menschenansammlung.

»Stehen die alle vor dem Heimat- und Schifffahrtsmuseum?«,
fragte Trix.

»Sieht ganz so aus.« Ich beschleunigte meinen Schritt.

Schließlich erreichten wir die Menschentraube. Ich schaute
mich um. In der Menge entdeckte ich den Regenmantel-Mann,
Frau Hinnerksen und Remmer Klaus. Er winkte uns freundlich
zu. Ich winkte lächelnd zurück. »Hoffentlich kriegst du in der
Tat Bauchschmerzen von meinem Detektiv-Hut, nicht wahr?«,
murmelte ich dabei.

Wiebke und Trix lachten.

Die anderen Leute waren mir unbekannt. Sie trugen Kamerataschen über den Schultern und hatten lange schwarze Koffer dabei.

»Was ist in den Koffern wohl drin?«, flüsterte Wiebke.

Ich zuckte mit den Schultern.

»Und was schleppt der da mit sich herum?« Trix zeigte auf einen älteren Herrn, um dessen Hals sich ein grauer Schlauch schlängelte wie eine Würgeschlange. »Ist das ein Staubsauger?«

»Könnte sein«, stellte Wiebke fest. »Aber das, was die Frau da drüben in der Hand hält, ist eher ein Metalldetektor, oder?«

Bevor wir das ausdiskutieren konnten, rief jemand: »Harald, Wiebke, Trix! Mo-hoin!« Frau Hinnerksen wühlte sich durch die Leute zu uns durch. »Habt ihr es auch schon gehört? Es ist eine Sensation!«

»Was denn, Frau Hinnerksen?«, fragte Wiebke.

Frau Hinnerksen machte eine kleine, spannungsgeladene Pause. »Die hölzerne Figur der Grünen Johanna! Sie ist … verschwunden!«

»Inwiefern verschwunden?«, hakte ich nach. »Gestohlen?«

»Nein, nein, doch nicht gestohlen. Die Figur ist einfach nicht mehr da. Einfach verschwunden. Sie hat sich …«, Frau Hinnerksen flüsterte, »… in den Geist der Grünen Johanna verwandelt!«

Ich holte meinen Block hervor und notierte das.

»Womit war die Figur denn an der Hauswand befestigt?«, fragte Trix.

Frau Hinnerksen schaute sie beleidigt an. »Glaubst du mir etwa nicht? Dann befragt ihr Käpt'n Flock wohl besser persönlich.« Sie wandte sich um und tauchte zurück in die Menschenmenge.

»Frau Hinnerksen hat recht«, stellte ich fest. »Wir sollten den Käpt'n selbst vernehmen.«

Zusammen wühlten wir uns nach vorne und eroberten uns drei Stehplätze am Rand. Neben dem Schild *Ruckelnser Heimat- und Schifffahrtsmuseum* stand der Käpt'n und hielt große Reden.

»Der Geist der Grrrrünen Johanna hat seine hölzerne Form aufgegeben und spukt nun unter uns herrrrum.« Er blickte finster in die Runde.

Ein Typ mit Schirmmütze meldete sich zu Wort. »Und warum hat der Geist gerade jetzt seine hölzerne Form aufgegeben? Nach Hunderten von Jahren?«

Der Käpt'n schien nur auf diese Frage gewartet zu haben. »Weil die Grrrrüne Johanna das Erscheinen dieses Buches verhindern will, nä? *Das Geheimnis der Grrrrünen Johanna.* Weil darrrin nämlich das Versteck ihres Schatzes offenbart werden tut. Das will sie nich haben, nä? Hat sie ja gestern laut und deutlich gesagt, als sie überm Deich rumgespukt hat.«

»Und was hat die Totenkopf-Fahne auf dem Schiete-Turm zu bedeuten?«, wurde aus dem Publikum gefragt.

Wiebke, Trix und ich schauten uns an. Also war der schwebende grüne Totenkopf wirklich eine Fahne. Und sie schien immer noch auf dem Schiete-Turm zu wehen.

Der Käpt'n nickte. »Das ist ein Zeichen dafür, dass der Geist erzürnt ist. Genau wie das grrrüne Wasser und die Totenköpfe auf den Schafen. Armes Rrruckelnsen. Wir sind verloren, nä? Bald tut die Geistergaleere kommen, bald!«

»Wo wird sich der Geist der Grünen Johanna denn das nächste Mal zeigen?«, wollte der Herr mit dem Staubsaugerschlauch wissen.

Käpt'n Flock sah den Mann lange an. »Das tut nur der Geist selber wissen, nä?«, murmelte er. »Aber wenn Sie bis zur nächsten Geistererscheinung alles über die Grrrrüne Johanna erfahren wollen, empfehle ich Ihnen den Besuch meines Museums. Immä zur vollen Stunde tu ich dort das Lied der Grrrünen Johanna vorsingen. Und falls Sie bei Flut rüber zur Schiete-Insel wollen: Am Strand tu ich Bretter und Paddel vermieten. Kommen Sie einfach zu der Bude mit dem Schild *Steh-Paddel-Verleih*, nä?«

Die Leute nickten interessiert.

Ich gab Wiebke und Trix ein Zeichen. Wir hatten genug gehört. Käpt'n Flock zu vernehmen, war in dieser öffentlichen Situation unmöglich.

Es dauerte einen Moment, bis wir uns alle drei durch die Schaulustigen geschlängelt hatten, dann standen wir etwas abseits auf der Straße zusammen.

»Was haltet ihr von der Sache?«, fragte Trix.

»Die sind alle verrückt geworden.« Wiebke zeigte auf die Leute vor dem Heimat- und Schifffahrtsmuseum. »Schaut mal, die stellen sich doch wirklich an, um in das langweilige Museum von Käpt'n Flock zu gehen.«

Sie hatte recht. Die Menschentraube formierte sich tatsächlich gerade zu einer geordneten Schlange um. »Was sind denn das alles für Leute? Die waren gestern noch nicht hier.«

Trix schaute auf das Display ihres Mobiltelefons. »Hm. Also, wenn du mich fragst: Die mit den schwarzen Koffern und Staubsaugerschläuchen sind Geisterjäger, und die mit den Metalldetektoren sind Schatzsucher.« Sie hielt uns das Telefon hin. »Das grüne Leitungswasser, die Totenköpfe auf den Schafen, der grüne Schädel über dem Schiete-Turm und der gestrige Auftritt der Grünen Johanna wurden sowohl in Geisterjäger- als auch in Schatzsucher-Foren gepostet.«

Ich trommelte auf meinem Hut. Als ich merkte, dass es der Rhythmus des Liedes der Grünen Johanna war, hörte ich schnell wieder damit auf.

»Mist!«, rief Trix plötzlich.

Wiebke und ich sahen sie an.

»Wir haben vergessen, dem Käpt'n Fingerabdrücke abzunehmen. Ich wollte doch etwas fallen lassen, damit er es anfasst.«

Wiebke winkte ab. »Das hätte er doch gar nicht bemerkt,

der war so damit beschäftigt, den Leuten was von der Grünen Johanna vorzuspinnen.«

Das sah ich genauso. »Um die Fingerabdrücke kümmern wir uns später. Wir sollten jetzt schnellstens zu Frau Schuhpisser gehen und sie vernehmen.«

Der Weg zum Rathaus führte über die Hauptstraße, vorbei an Cafés, vor denen trotz des kühlen Wetters Leute an Tischen saßen und Kaffee tranken.

»Hier ist um diese Zeit normalerweise gar nichts los«, bemerkte ich.

»Tja«, stellte Trix fest, »es läuft gerade außergewöhnlich gut für das *Juwel am Schlick*.«

Auf dem Rathausplatz standen die Leute gleich in zwei langen Schlangen an: eine vor dem Tankwagen und eine vor dem Rathaus. Die Menschen am Tankwagen hatten Eimer dabei, die am Rathaus längliche schwarze Koffer, Kamerataschen und Metalldetektoren.

»Hoffentlich bekommen wir noch eine Unterkunft«, hörte ich eine Frau zu ihrem Mann sagen.

Der Mann winkte ab. »Wir sind nachts doch sowieso die meiste Zeit auf Geisterjagd. Da können wir zwischendurch auch im Auto schlafen.«

Ich nickte Trix und Wiebke zu. »Alles klar. Das sind ebenfalls Geisterjäger, und vermutlich auch viele Schatzsucher. Die

Zimmervermittlung befindet sich im Rathaus. Die Leute stehen für eine Unterkunft an.« Ich dachte nach. »Hm. Vielleicht haben wir es mit einer Verschwörung zu tun. Die Schuhpissers haben sich mit Käpt'n Flock und Klara Schwartz zusammengetan, um Urlauber nach Ruckelnsen zu locken und Aufmerksamkeit für Auroras neues Buch zu erzeugen. Nur seltsam, dass Herr und Frau Schuhpisser gestern verkündet haben, es gäbe keine Geister.«

Trix zuckte mit den Schultern. »Hat dem Ansturm ja nicht geschadet, oder? Und es lenkt den Verdacht von ihnen ab.«

Das sah ich auch so. »Gut. Dann stehen auf unserer Verdächtigen-Liste jetzt beide Schuhpissers. Und nach wie vor Klara Schwartz und Käpt'n Flock.«

»Und der Unbekannte«, ergänzte Wiebke.

»Ich glaube nicht mehr an den Unbekannten«, erwiderte ich. »Es sieht ganz nach einer Ruckelnser Verschwörung aus.«

Unser Gespräch wurde von quietschenden Fahrradbremsen unterbrochen.

»Wiebke, da bist du ja!« Frau Jansen sprang von ihrem Rad ab. »Vielleicht solltest du ab und zu mal einen Blick auf dein Handy werfen. Ich hab dich x-mal angerufen. Ich brauche unbedingt deine Hilfe. Wir haben zu Hause drei neue Feriengäste, und auf dem Deich sind …«

»Ist was mit den Schafen?«, fragte Wiebke.

»Das kann man wohl sagen. Der ganze Deich ist voll mit

Menschen, mindestens fünfzig Leute! Sie fuchteln mit so seltsamen Apparaten herum, und einer wollte sogar eine elektrische Sonde an Schnucki MäcGaffin anbringen, um das Schaf auf paranormale Aktivität zu prüfen.«

»Paranormale Aktivität?« Wiebke schüttelte den Kopf. »Denken die, Schnucki wäre vom Geist der Grünen Johanna besessen, oder was?«

Ihre Mutter schüttelte ungeduldig den Kopf und sah dabei haargenau aus wie Wiebke. »Keine Ahnung, was die denken. Alleine schaffe ich es jedenfalls nicht, diese Verrückten vom Deich zu vertreiben. Die Schafe sind schon völlig verängstigt. Und das Gras trampeln die Leute außerdem kaputt.«

»Oh nein, die armen Schafe!« Wiebke schwang sich bei ihrer Mutter auf den Gepäckträger. »Kommt ihr gleich nach?«

Trix und ich nickten. Das Wohlergehen der Schafe war jetzt wichtiger als die Vernehmung Frau Schuhpissers.

Frau Jansen fuhr los.

Ich sah dem Fahrrad nach. Wie immer trug Wiebkes Mutter Gummistiefel – heute gelbe mit blauen Blümchen darauf.

»Am besten nehmen wir zum Deichabschnitt 23 wieder den Weg auf der Seeseite des Deiches«, schlug ich Trix vor. »Da können wir gleich einen Blick rüber zur Schiete-Insel werfen. Diese Totenkopf-Fahne würde ich gerne mit eigenen Augen sehen.«

Trix war einverstanden, und so blickten wie ein paar Momente später von der Deichkrone aus über das dunkelblaue Meer zur Schiete-Insel. Und tatsächlich: Stolz wehte über dem Turm eine schwarze Fahne mit einem grünen Totenkopf im Wind.

»Und davor sind wir gestern Nacht weggelaufen«, murmelte Trix. »Peinlich.«

Dem war nichts hinzuzufügen.

Trix zeigte auf den Strand und verdrehte die Augen. »Und noch mehr Schatzsucher.«

Tatsächlich: Am Strand tummelten sich Menschen, die ihre Metalldetektoren über den Sand gleiten ließen.

Wir setzten unseren Weg auf der Seeseite des Deichs fort. Eine ganze Weile liefen wir schweigend nebeneinanderher. Ich musste an den Blümchen-Stiefel denken, den wir gestern auf dem Deich gefunden hatten. War Frau Jansen in die Verschwörung verwickelt? Immerhin hatte sie gerade selbst gesagt, dass sie heute gleich alle drei Gästezimmer vermieten konnte. Andererseits traute ich Frau Jansen so etwas einfach nicht zu. Außerdem waren ihre Schafe ja selbst Opfer des grünen Spuks.

Plötzlich war ein lautes Mähen zu vernehmen.

»Das sind die Jansens – mit den Schafen!«, rief Trix.

Es waren tatsächlich Wiebke und Frau Jansen mit der ganzen Totenkopf-Schafherde. Schnucki MäcGaffin lief vorneweg.

Trix rannte ihnen entgegen. Ich folgte ihr.

»Harald, Trix!« Wiebke hatte uns entdeckt. Sie schob das

Fahrrad ihrer Mutter neben sich her. »Hallo!« Ihre Stimme klang zittrig.

Als wir sie erreicht hatten, wusste ich auch, warum: Wiebke und ihre Mutter waren über und über mit schwarz-grünen Punkten bedeckt. Ich traute meinen Augen nicht. »Das sind doch nicht etwa …?«

»Doch«, schluchzte Wiebke. »Die Geisterjäger haben uns mit Schafsködteln beworfen. Weil es keinen Geist gibt.«

❀ Kapitel 14

In dem wir Ärger mit der Presse haben, vor dem Rathaus beinahe eine Massenschlägerei ausbricht und über dem Deich grüner Nebel aufsteigt.

»Das«, murmelte Trix, »sieht ganz nach einem Shitstorm aus. Und zwar im wörtlichen Sinne.«

Frau Jansen zitterte, wahrscheinlich vor Wut. »Sie haben behauptet, ich hätte ... hätte ...«

»Sie denken, Mama hätte gestern Abend den Geist der Grünen Johanna gespielt«, erklärte Wiebke. »Weil ihr Gummistiefel auf dem Deich lag.«

Das leuchtete mir nicht ein. Den Stiefel hatten doch *wir* gefunden! »Woher wissen die denn davon?«

Wiebkes Stimme bebte. »Sie sagen, es steht seit ein paar Minuten in der Internet-Ausgabe de*s Humbuger Boten*. Dass der Geist von jemandem gespielt wurde, um Urlauber anzulocken, und dass der Gummistiefel dieser Person auf dem Deich gefunden wurde. Und dass er der Schäferin Jeske Jansen gehört.«

»Unglaublich, das ist doch kein Beweis! Selbst wenn der Stiefel Ihnen gehört, Frau Jansen ...«

»Mir fehlt tatsächlich ein Stiefel. Aber ich habe nicht die geringste Ahnung, wie er auf den Deich gekommen ist.« Frau Jansen sah sich erschöpft um. »Wir sollten jetzt weitergehen. Womöglich fällt den Geisterjägern sonst ein, dass sie sich noch nicht ausreichend an uns gerächt haben.«

Wir begleiteten Wiebke und ihre Mutter nach Hause.

Als die Schafe im Stall standen, verzogen die beiden sich ins Badezimmer, um sich zu entkötteln. Trix und ich setzten uns solange in die Küche.

»Ruf den *Humbuger Boten* auf, Harald«, sprach Trix in ihr Mobiltelefon.

»Ruf den *Humbuger Boten* auf, Trix«, sprach ich in meins.

Dann verschlug es uns beiden die Sprache.

Über unsere Telefone gebeugt, lasen Trix und ich Folgendes:

Ruckelnsen zockt Urlauber mit Geist ab!

Detektei Donnerschlag entlarvt Betrug

Ein Bericht von unserer Praktikantin Mieke Harms

Ruckelnsen. *Das Juwel am Schlick* – so lautet der Slogan, mit dem Bürgermeisterin Silke Schuhpisser für den verschlafenen Ort am Wattenmeer wirbt. Doch diese fantasievolle Umschreibung hat offenbar nicht genug Urlauber angelockt. Jetzt holen die Ruckelnser sich Unterstützung aus dem Jenseits: Der Geist der Grünen Johanna soll Touristen ködern.

Zugegeben, die Inszenierung war gut: Zunächst färbte sich am gestrigen Nachmittag das Leitungswasser auf mysteriöse Weise grellgrün. Anschließend wurden grüne Totenköpfe auf Ruckelnser Schafen gesichtet. Der Höhepunkt erfolgte dann nach der Lesung der Fantasy-Autorin Aurora Schwartz im Rathaus: Der Geist der Grünen Johanna grüßte persönlich vom Deich herab. Und als sei das noch nicht genug, wurde im Anschluss eine grüne Totenkopf-Flagge auf der sogenannten Schiete-Insel gehisst.

Doch das Laientheater ist allzu durchschaubar. Wie die Detektei Donnerschlag ermittelte, handelt es sich um eine Täuschung, an der prominente Ruckelnser Bürger beteiligt sind. Exklusiv im *Humbuger Boten* präsentiert die Detektei Donnerschlag ihre Beweise:

Das **grüne Leitungswasser** entstand nicht von Geisterhand, sondern durch Uranin. Diese ungiftige Substanz färbt Wasser grün. Das Uranin wurde mithilfe wasserlöslicher Kapseln direkt in die Wasserhähne eingebracht. Zu diesem Zweck verschaffte sich ein als Mitarbeiter der Gaswerke verkleideter Mann Zugang zu den Haushalten. Bei dem **falschen Gasmann** handelt sich um niemand anderen als Maik Schuhpisser, den Ehemann der Bürgermeisterin Silke Schuhpisser. Ihn verriet seine Leidenschaft für **Eukalyptusbonbons**, deren Papiere er bei seinen illegalen Klempnereien verlor. Nach Informationen der Detektei Donnerschlag lässt Herr Schuhpisser sich diese höchst seltene Bonbonsorte extra aus Australien kommen.

Doch damit nicht genug: Eine **Rechnung der Firma Gut-Im-Futter.de** auf den Namen Maik Schuhpisser über sogenannte Katzenkapseln und eine Kapselbefüllungsmaschine belastet den Ehemann der Bürgermeisterin noch schwerer. Katzenkapseln sind befüllbare Kapseln mit Hähnchengeschmack, die normalerweise dazu dienen, kranken Tieren Medikamente unter das Futter zu mischen. Den Ermittlungen der Detektei Donnerschlag zufolge nutzte Maik Schuhpisser die Kapselbefüllungsmaschine, um die Kapseln mit dem Uranin zu betanken.

Das Aufsprühen der **Totenköpfe auf die Schafe** wiederum erledigte in liebevoller Kleinstarbeit der Ruckelnser Thorsten Flock, Leiter des örtlichen Museums – eine leere **Spraydose mit grüner Viehkennzeichnungsfarbe** wurde in seiner Mülltonne gefunden.

Und auch die Schäferin Jeske Jansen ist mit im Bunde. Sie mimte gestern auf dem Deich den **Geist der Grünen Johanna** und verlor dabei einen ihrer geblümten **Gummistiefel**. Keine andere Ruckelnserin hat so große Füße und einen so schlechten Geschmack.

Es ist dem unerschrockenen Einsatz der blutjungen Mitglieder der Detektei Donnerschlag zu verdanken, dass dieser falsche Spuk so schnell aufgedeckt werden konnte. Den Ruckelnsern bleibt zu wünschen, dass der Geist der Grünen Johanna sich für diesen Missbrauch nicht rächt.

Trix und ich sahen uns an.

»Woher kennt diese Mieke Harms unsere Ermittlungsergebnisse?«, flüsterte Trix.

Ich dachte fieberhaft nach. »Sie muss uns belauscht haben.«

Trix nickte. »Und sie stellt es dar, als hätten wir ihr das alles gesagt. Dabei waren das überhaupt noch keine gesicherten Erkenntnisse!«

»Aber wie kann sie uns belauscht haben?«, überlegte ich. »Wir haben doch in keiner Situation über sämtliche Indizien gesprochen. Um das alles mitzubekommen, müsste sie schon eine Wanze in unseren Mänteln und Jacken versteckt haben.«

Trix und ich klopften unsere Kleidung ab. Wir schauten sogar in unsere Schuhe.

»Nichts«, stellte ich fest.

»Bei mir auch nicht«, sagte Trix.

Schnell kontrollierte ich noch meinen Hut. »Der ist ebenfalls sauber.«

In diesem Moment kamen Wiebke und Frau Jansen herein. Frisch geduscht wirkten sie gleich viel weniger geknickt.

Wiebke nahm mir mein Mobiltelefon aus der Hand. »Ist das der Artikel?«

Doch sie kam nicht dazu, ihn zu lesen, denn ihre Mutter schnappte sich das Telefon. Fiebrig überflog sie die Zeilen. Wiebke schaute von der Seite mit auf das Display.

»Was?« Frau Jansen sah uns wütend an. »Ihr habt meinen Gummistiefel gefunden und dieser Schmier-Trulla das gesagt?«

»Nein, Frau Jansen, wir haben nicht ... na ja, also, den Stiefel haben wir schon gefunden, aber wir haben dieser Mieke Harms nichts ...«, fing ich an, doch Frau Jansen war schon wieder ganz auf den Artikel fixiert. »Und Käpt'n Flock war das mit unseren Schafen? Warum habt ihr mir das denn nicht gleich erzählt? Der kann was erleben!«

Sie warf sich eine Jacke über, stieg in ihre Stiefel und stürmte nach draußen.

»Warte, Mama!« Wiebke lief ihr hinterher.

Trix und ich folgten den beiden.

Draußen sprang Frau Jansen gerade auf ihr Rad.

»Aber Frau Jansen, das mit der Viehkennzeichnungsfarbe ist gar kein eindeutiger Beweis!«, rief ich.

Doch zu spät. Wutentbrannt radelte Frau Jansen davon.

»Wir müssen meine Mutter aufhalten.« Wiebke stieg auf ihr Rad. »Sonst reißt sie Käpt'n Flock den Kopf ab. Harald, setz dich bei mir auf den Gepäckträger. Trix, du kannst das Rad von meiner Oma nehmen. Das steht da vorne an der Mauer.«

Es war mehr als unbequem, bei Wiebke auf dem Gepäckträger zu sitzen. Die metallenen Streben bohrten sich mir in den Hintern, bei jeder Unebenheit machte ich einen schmerzhaften Hopser, und mein Mantel geriet immer wieder in die Speichen.

Doch als wir schließlich den Ortskern erreichten, wünschte ich mir, die Fahrt hätte länger gedauert. Schon von Weitem sahen wir die Menschenmasse, die immer noch vor dem Rathaus stand. Die wohlgeordnete Schlange hatte sich jedoch in einen wilden Haufen verwandelt.

»Das sind doppelt so viele wie vorhin«, keuchte Wiebke. »Und da ist ja auch meine Mutter.«

Ich erkannte außerdem Frau Hinnerksen, die Schwartz-Schwestern und unseren Feriengast Remmer Klaus.

Frau Jansen brüllte gerade auf Käpt'n Flock ein.

Wir drängten uns zu ihnen durch.

»Das hätte ich dir nicht zugetraut, Thorsten!«, schrie Frau

Jansen. »Spinnst du? Unsere Schafe mit Totenköpfen zu besprühen!«

Käpt'n Flocks Kopf färbte sich so rot wie ein extraromantischer Sonnenuntergang. Allerdings schien ihm gerade nicht nach Romantik zumute zu sein. »Wieso ich? Das hat der Geist der Grünen Johanna gemacht!«, brüllte er zurück.

»Ach so? Und warum wurde dann eine Spraydose mit grüner Viehkennzeichnungsfarbe in deiner Mülltonne gefunden?«, giftete Frau Jansen.

»In meiner Mülltonne? Wie kommst du denn darauf?« Käpt'n Flock wirkte ehrlich überrascht.

»Lesen Sie mal das hier.« Trix hielt ihm ihr Mobiltelefon hin.

Der Käpt'n nahm es und las. Dabei wurden seine Augen immer größer und sein Kopf immer röter. »Das ist eine Lüge!«, brüllte er dann. »In meiner Mülltonne war nie eine Spraydose! Aber hier steht, dass du deinen bescheuerten Gummistiefel auf dem Deich verloren hast, Jeske! Jetzt tut hier sicher bald keiner mehr dran glauben, dass der Geist der Grünen Johanna echt ist. Endlich hatte ich mal viele Besucher, und du tust mir das verderben.«

»Also war es wirklich ein geplanter Betrug?«, rief einer der Umstehenden. Es war der ältere Herr mit dem Staubsaugerschlauch um den Hals. »Sie haben die Geistererscheinung vorgetäuscht, um zahlende Gäste in den Ort zu locken.«

Die Leute murrten und traten drohend näher.

»Nein!«, rief Käpt'n Flock. »Nein, nein, nein, der Geist ist echt, tun Sie mir das doch bitte glauben tun.«

Trix nahm ihm ihr Handy ab und steckte es unauffällig in eine Plastiktüte. Ich nickte ihr zu. Damit waren die Fingerabdrücke des Käpt'ns gesichert.

»Das ist alles fauler Zauber«, rief einer der Geisterjäger. »Das hat diese Detektei Donnerschlag doch ganz klar bewiesen.«

»Die Detektei Dünnschiss!«, fuhr der Käpt'n mich an. »Wieso tut ihr behaupten, ich hätte die Schafe angesprüht?«

»Wir haben gar nicht …«, fing ich an, doch ich wurde unterbrochen.

»Was ist denn hier los?« Frau Schuhpisser trat aus dem Rathaus und sah sich um. Ihr Blick fiel auf Wiebke, Trix und mich. »Ihr!« Sie stürmte auf uns zu. »Was fällt euch ein, zu behaupten, mein Mann hätte das Leitungswasser grün gefärbt?«

»Da ist sie ja!«, rief jemand und drängte sich nach vorne. Es war Frau Hinnerksen. »Wir haben Sie nicht dafür gewählt, dass Sie mit Ihrem feinen Ehegatten zusammen unser Leitungswasser vergiften, Frau Schuhpisser. Sie sind die längste Zeit unsere Bürgermeisterin gewesen, dafür werde ich sorgen. Ich werde ein Amtserhebungsverfahren einleiten!«

»Amtsenthebungsverfahren«, korrigierte Trix. Leider erinnerte sie damit Käpt'n Flock an unsere Anwesenheit.

»Was fällt euch ein, mich zu beschuldigen, hä?«, brüllte er Wiebke, Trix und mich an. »Ihr … ihr … Dösbaddel!«

»Wie sprichst du denn mit meiner Tochter, Thorsten?«, griff Frau Jansen ihn an.

»So, wie man mit einer Nestbeschmutzerin reden tut, nä?«

Frau Jansen lachte böse. »Besser eine Nestbeschmutzerin als ein Arschloch. Du warst schon in der Schule gemein zu allen Schwächeren.«

Ich spürte, wie Wiebke neben mir zusammenzuckte. Worte wie *Arschloch* verwendete ihre Mutter sonst nicht.

»Ach ja, und du?«, brüllte Käpt'n Flock zurück. »Du hast dich immer darüber lustig gemacht, wie ich schnacken tu!«

Frau Jansen lachte böse. »Du tust ja auch komisch schnacken tun, nä?«

»Harald, ich verlange eine Erklärung!«, redete derweil Frau Schuhpisser auf mich ein.

Ich hob beschwichtigend die Hände. »Kommen Sie doch bitte zur Ruhe, dann können wir das hoffentlich alles klären.«

Ohne Erfolg.

»Und du hast immer *Streichholz* zu mir gesagt«, warf Frau Jansen Käpt'n Flock vor. »Nur weil ich rote Haare habe. Außerdem hast du behauptet, Klara und Aurora würden nach Vogelscheiße riechen.«

»Genau!«, rief eine dunkle Stimme. Es war Aurora, die sich mit Klara zusammen den Streitenden genähert hatte.

»War ja auch so!«, höhnte Käpt'n Flock.

Aurora wurde rot. Klara legte den Arm um sie und warf dem Käpt'n einen vernichtenden Blick zu.

Frau Schuhpisser lachte. »Genau, war ja auch so! Und du solltest ganz still sein, Jeske. Du und deine Bande, ihr habt euch immer über Maiks Nachnamen lustig gemacht. Er leidet bis heute darunter! Stimmt's, Maik?«

Erst jetzt sah ich, dass Herr Schuhpisser in der Rathaustür stand. Er trat von einem Fuß auf den anderen. »Lass doch, Silke«, sagte er. Ihm schien das alles furchtbar peinlich zu sein. Für einen Moment tat er mir leid. Bis er auf uns zuging. »Also, Harald, Wiebke, derartige Gerüchte in die Welt zu setzen, das ist wirklich unterirdisch!«

»Unglaublich unterirdisch!«, stimmte seine Frau ihm zu. »Da wurden bei der Erziehung wohl schwerwiegende Fehler gemacht.«

»Was willst du damit sagen, Silke?«, brüllte Frau Jansen.

»Du hast mich schon ganz richtig verstanden, Jeske!«, brüllte Frau Schuhpisser zurück. Dann fixierte sie Wiebke, Trix und mich. »Warum habt ihr eigentlich nicht erst mal mit euren ›Verdächtigen‹ gesprochen, sondern die Informationen gleich an den *Humbuger Boten* gegeben?«

»Das möchte ich auch mal wissen tun!«, rief Käpt'n Flock.

»Zumal falsche Anschuldigungen darunter sind«, fügte Frau Jansen hinzu.

»Wir haben keine Informationen herausgegeben, wirklich

nicht!«, versicherte Wiebke. »Es stimmt, dass in dem Artikel unsere Erkenntnisse stehen. Aber von uns hat diese Mieke Harms sie nicht bekommen. So was würden wir nie machen. Das waren doch alles gar keine abschließenden Ergebnisse. Wir waren noch mitten in den Ermittlungen.«

»Das heißt, ihr verdächtigt uns tatsächlich?«, fragte Frau Schuhpisser.

»Äh, na ja …«, fing Wiebke an.

Ich fiel ihr ins Wort. »Wir werden das aufklären. Geben Sie uns bis heute Abend Zeit, dann präsentieren wir Ihnen die wahren Zusammenhänge.«

Trix und Wiebke sahen mich entsetzt an. Sie schienen sich unseres Erfolges nicht ganz so sicher zu sein wie ich.

»Glaubt mir, wir schaffen das«, flüsterte ich ihnen zu.

Doch die beiden beachteten mich gar nicht. Stumm starrten sie an mir vorbei.

Ich drehte mich um.

Über dem Deich stieg grüner Nebel auf.

Kapitel 15 ☠

In dem Miss Moneypenny und Fräulein Karnelia durch einen Geist spazieren, wir gaaaaaanz ruhig bleiben und ein hochinteressantes Indiz finden.

Wie gebannt starrten wir alle in den grünen Nebel. Er wurde dichter und dichter, dann erschien darauf eine Form … ein riesiges Gesicht! Das Gesicht einer Frau. Einer wütenden Frau. Mit langen, fließenden Haaren, großen, weit aufgerissenen, bösen Augen und verkniffenen Lippen.

»Ich habe euch gewarnt«, ertönte eine tiefe, vibrierende Stimme. »Doch ihr habt meine Warnung in den Wind geschlagen. Ihr habt diese Schatzsucher in eure Mitte aufgenommen, ihnen ein Lager und Nahrung gegeben. Ihr habt sie nicht an der Suche nach meinem Schatz gehindert. Nun lebt mit den Folgen.«

»Der Geist der Grünen Johanna!«, rief jemand.

»Verschon uns!«, flehte Aurora. »Bitte!«

»Ich soll euch verschonen? Wo ihr doch alles getan habt, um mein Missfallen zu erregen?«

Die Leute schrien auf: »Die Katzen!«

»Miss Moneypenny!«, rief Trix.

Mir blieb fast das Herz stehen. Miss Moneypenny und Fräulein Karnelia spazierten auf der Deichkrone entlang – direkt durch das Gesicht der Grünen Johanna hindurch!

Den Geist schien das gar nicht zu stören.

»Also gut«, sprach die grüne Johanna ungerührt weiter. »Ich werde Milde walten lassen. Ich gebe euch die Gelegenheit, euren Fehler wiedergutzumachen. Das Buch, aus dem Aurora Schwartz im Rathaus gelesen hat und in dem sie die verschollenen Strophen verrät, muss vernichtet werden. Wenn ihr es heute Abend um sieben Uhr in den Schiete-Turm auf der Schiete-Insel bringt, sei euch verziehen. Wenn ihr nicht gehorcht, kommt heute um Mitternacht, wenn die Osterfeuer lodern, meine Geistergaleere und holt euch alle!«

»Wer hat das Buch?«, rief Käpt'n Flock. »Aurora Schwartz? Sie soll es ausliefern, sonst sind wir alle verloren, nä?«

»Aber ich weiß nicht, wo das Buch ist«, jammerte Aurora. »Ich muss es gestern nach der Lesung in der ganzen Aufregung verloren haben.«

»Tun Sie den Geist der Grünen Johanna bloß nicht anlügen«, raunte der Käpt'n, »der merkt alles!«

»Aber ich hab das Buch wirklich nicht!«, schluchzte Aurora.

Trix warf Wiebke und mir einen entsetzten Blick zu. Und in diesem Moment wurde es auch mir klar: *Wir* hatten zurzeit Auroras Buch, Trix hatte es gestern nach der Lesung im Rathaus gefunden!

Ich legte den Finger auf die Lippen.

Die beiden nickten.

Das Gesicht verblasste, und der grüne Nebel wurde dünner. Plötzlich kam Bewegung in die Menge. Alle rannten gleichzeitig los, in Richtung Deich. Die Leute stolperten übereinander und versuchten, sich mit den Ellenbogen Platz zu verschaffen. Gerade hatten wir noch wie gelähmt dagestanden, jetzt wollte jeder der Erste sein.

Schließlich gelang es Wiebke, Trix und mir, uns nach vorne

durchzukämpfen. Wir rasten den Deich hoch, erreichten die Deichkrone und sahen: nichts. Ein wenig grüner Nebel schien noch in der Luft zu hängen, doch von der Grünen Johanna gab es keine Spur.

Das Meer lag friedlich da. Möwen und andere Seevögel segelten am grauen Himmel. Es war, als hätte es niemals eine Geistererscheinung gegeben. Lediglich ein leichter Geruch nach Schwefel war zu vernehmen. Und am Horizont wehte auf dem Schiete-Turm die Totenkopf-Fahne und erinnerte uns daran, dass all das kein böser Traum gewesen war.

Die Geisterjäger packten ihre länglichen Geräte aus und fuchtelten damit in der Luft herum. »Fehlanzeige!«, rief jemand. »Absolut nichts zu messen. Keinerlei paranormale Aktivität.«

Trix kaute nervös an ihrem Daumennagel. »Wo sind eigentlich die Katzen hin?« Sie sah sich um. »Meint ihr, der Geist hat sie …?«

Ich atmete tief durch und führte mir mehrmals meine Detektiv-Regel Nummer 27 vor Augen: *Ein Detektiv gibt sich niemals mit übersinnlichen Erklärungen zufrieden. Ein Detektiv gibt sich niemals mit übersinnlichen Erklärungen zufrieden. Ein Detektiv gibt sich …*

»Erschien euch der Geist auch so … echt?«, fragte Wiebke leise.

»Gegen den war die Grüne Johanna gestern Abend eine Figur aus der Augsburger Puppenkiste«, stellte Trix fest.

Ich sah mich um. »Und trotzdem war auch der heutige Geisterauftritt Theater, davon sind wir doch überzeugt, oder?«

Wiebke und Trix stimmten mir zu, allerdings etwas zögerlich.

Ein helles Piepen erscholl. »Mein Gerät schlägt aus!«, schrie ein Mann. »Das Signal wird stärker in Richtung Meer.«

Die Leute rannten den Deich hinunter.

Wir folgten ihnen.

»Bestimmt hat die Grüne Johanna sich auf ihre Geisterinsel zurückgezogen«, vermutete der ältere Herr mit dem Staubsaugerschlauch um den Hals. »Wie kommen wir da rüber? Ebbe ist erst wieder in drei Stunden.«

»Dort werden Surfbretter vermietet.« Jemand zeigte auf Käpt'n Flocks Strandbude, über der ein Schild mit der Aufschrift *Steh-Paddeln* prangte.

Die Leute stürmten hin.

»Die ist ja zu!«, rief jemand entrüstet.

»Nee, nee, nee, nee, die is' nich zu, ich bin ja schon da!« Mit hochrotem Kopf kam der Käpt'n angelaufen und schloss die Bude auf.

Sofort bildete sich eine Schlange davor.

»Einer nach dem anderen, es gibt genug Bretter und Paddel für alle«, kommandierte der Käpt'n.

»Und wieder einmal profitiert Käpt'n Flock«, stellte Trix fest.

»Miau!«

»Miss Moneypenny, Fräulein Karnelia!« Trix lief zu den Katzen.

Wiebke und ich folgten ihr. Die beiden Tiere wirkten zum Glück vollkommen unversehrt. Nichts wies darauf hin, dass sie soeben das Gesicht eines Geistes als Spazierweg benutzt hatten.

Wiebke streichelte Fräulein Karnelia. »Wie ist es möglich, dass die beiden durch die Grüne Johanna laufen konnten?«

Ich zwang mein Gehirn dazu, nach rationalen Erklärungen zu suchen. Noch einmal führte ich mir die beiden Geistererscheinungen genauestens vor Augen. »Hm. Die Grüne Johanna schien beide Male über dem Deich zu schweben«, stellte ich fest. »Trotzdem sah sie eben ganz anders aus.«

»Stimmt«, bestätige Wiebke, »ihr Gesicht war viel größer. Gestern Abend war sie in etwa so groß wie ein Erwachsener. Heute war sie riesig.«

»Es kann heute also kein mit Leuchtfarben verkleideter Mensch gewesen sein«, folgerte ich.

»Das geht ja schon deshalb nicht, weil es jetzt hell ist«, ergänzte Trix. »Der Trick mit der schwarzen Kleidung, die man bei Nacht nicht sieht, funktioniert tagsüber nicht.«

»Und gestern Abend gab es auch keinen grünen Nebel, sondern ein grünes Flackern«, stellte Wiebke fest. »Das ist noch ein Unterschied zu heute.«

Ich trommelte einen langsamen Rhythmus auf meinem Hut. »Aber eine Gemeinsamkeit bleibt. In beiden Fällen schien die Grüne Johanna an genau dieser Stelle über dem Deich zu schweben. Und ich vermute, dass es sich dabei nicht um einen Zufall handelt. Dein Vergleich mit der Augsburger Puppenkiste ist gar nicht so unpassend, Trix. Der Täter oder die Täterin benutzt den Deich so wie eine Bühne beim Puppentheater.«

»Wie meinst du das?«, fragte Trix.

»Der Deich ist hinter dem Rathaus besonders hoch und steil. Er bietet Sichtschutz und teilt gewissermaßen eine Hinterbühne ab, die man vom Ort aus nicht einsehen kann. Auf die zum Meer gewandte Seite des Deiches kann der Geisterdarsteller sich problemlos zurückziehen. Backstage, sozusagen. Aber wohin geht er danach? Er muss ein Versteck oder ein schnelles Fluchtmittel haben, denn wir waren in beiden Fällen recht schnell nach dem Verschwinden des Geistes hier.«

Wir blickten uns um.

Wiebke zeigte auf die schmale Straße, die zwischen Deich und Strand verlief. »Vielleicht ist er weggefahren?«

»Aber Motorengeräusche hätte man doch gehört«, wandte Trix ein.

»Vielleicht ist er Fahrrad gefahren«, erwiderte Wiebke.

»Oder E-Roller«, schlug ich vor. »Die fahren fast genauso lautlos.«

Trix nickte. »Und wenn er um die Ecke da drüben rum ist«, sie vollzog mit der Hand den Bogen nach, den der Deich machte, »dann ist er auch für jeden aus dem Sichtfeld verschwunden, der hier unten steht. Der Täter kann sich also sehr schnell nach seinem Auftritt den Blicken der Leute entziehen, die über den Deich kommen, um den Geist zu erwischen.«

Wir suchten den Deich und die dahinter liegende Straße nach Spuren ab. Den Katzen wurde es zu langweilig mit uns. Sie ließen sich noch einmal ausgiebig streicheln, dann zogen sie wieder los.

Ich sah ihnen gedankenverloren nach, als Wiebke rief: »Hier! Ich habe was gefunden.«

Trix und ich rannten zu ihr.

Wiebke hielt eine längliche grüne Röhre in der Hand.

»Ist das … eine Rauchbombe?« Trix betrachtete das Teil genau.

Wiebke nickte. »Ja. Es steht *Pyro-Bombe* drauf. Das Ding produziert grünen Rauch.«

»Hm. Der Geist hatte ganz schön Glück, dass es während seines Auftritts windstill war.« Ich holte eine Plastiktüte aus der Tasche, in die Wiebke die Röhre hineingleiten ließ. »Jetzt fragt sich nur noch, wie das Gesicht auf den Rauch gekommen ist.«

»Wir sollten sofort in die Detektei gehen und die Rauchbombe auf Fingerabdrücke untersuchen«, schlug Wiebke vor. »Und sie mit dem Daumenabdruck von der Spraydose und dem Pillendöschen vergleichen.«

Ich sah auf die Uhr. »Viertel vor vier. Ja, das schaffen wir noch, bevor wir um sieben auf der Schiete-Insel sein müssen.«

»Du willst der Forderung des Geistes doch nicht etwa nachkommen und das Buch dort hinbringen, oder?«, fragte Trix.

»Ja und nein«, erwiderte ich. »Wir übergeben das Buch nicht. Aber wir legen uns auf die Lauer. Ich möchte zu gerne sehen, was für ein ›Geist‹ kommt, um das Buch zu holen.«

Wir gingen zurück zum Rathaus.

Dort standen Herr und Frau Schuhpisser mit Frau Jansen zusammen und schwiegen sich an.

»Wiebke, da seid ihr ja!«, rief Frau Jansen. »Ich hab mir langsam schon Sorgen gemacht.«

»Konntet ihr etwas herausfinden?«, fragte Frau Schuhpisser.

Ich schüttelte den Kopf. »Leider nicht. Wo sind denn Klara und Aurora Schwartz?«

»Aurora Schwartz ging es nicht gut, ihre Schwester hat sie zurück in die Pension gebracht«, antwortete Herr Schuhpisser. »Und wo wollten die ganzen Geisterjäger hin?«

»Die paddeln gerade rüber zur Schiete-Insel«, teilte Wiebke ihm mit. »Den Geist suchen.«

Frau Schuhpisser stöhnte. »Hoffentlich findet ihr bald etwas heraus. Der ganze Spuk geht mir langsam, aber sicher auf die Nerven. Und außerdem solltet ihr euch was einfallen lassen, wie ihr den Ärger wiedergutmachen könnt, der durch eure falschen Anschuldigungen entstanden ist.«

»Aber wir haben doch niemanden beschuldigt«, sagte Wiebke. »Bitte glauben Sie uns das doch.«

Frau Jansen legte ihr den Arm um die Schulter. »Ich glaube dir, Wiebke.«

Die Schuhpissers sahen eher skeptisch aus.

Trix nieste und wühlte in der Tasche ihrer Anzugjacke. »Ich hatte hier doch ein Taschentuch …« Etwas fiel heraus. »Huch, mein Visitenkarten-Etui!«

Herr Schuhpisser bückte sich, hob das golden glänzende Etui auf und reichte es Trix.

Sie hatte ihr Taschentuch inzwischen gefunden und lächelte. »Danke schön, Herr Schuhpisser, das ist sehr aufmerksam von Ihnen.«

Wir verabschiedeten uns. »Passt auf euch auf«, bat Frau Jansen.

Sobald wir außer Sichtweite waren, wickelte Trix das Etui in ihr Taschentuch. »So. Die Fingerabdrücke von Herrn Schuhpisser hätten wir auch. Die von Käpt'n Flock sind ja bereits auf meinem Handy.« Sie lächelte zufrieden.

Kapitel 16 🐈

In dem wir unsere Beweisstücke in neuem Licht sehen und herausfinden, dass der Geist der Grünen Johanna keine Katzen mag.

Zu Hause untersuchten wir zuallererst meine Detektei auf Wanzen.

Ohne Ergebnis.

»Wenn sie uns nicht abgehört hat, woher kennt Mieke Harms dann alle unsere Beweismittel?«, fragte Trix.

Darauf wusste ich auch keine Antwort. Doch ein Wort hallte wie ein Echo in meinem Gehörgang wider: *alle*. Und plötzlich fiel mir etwas auf. »Moment mal. Im *Humbuger Boten* stehen ja gar nicht *alle* unsere Ermittlungsergebnisse.«

»Nein?« Trix sah mich überrascht an. »Ach ja, natürlich, das Pillendöschen fehlt!«

»Und die Leselampe auch«, ergänzte Wiebke.

»Na ja, ohne Wanze kann Mieke Harms auch nicht jede unserer Überlegungen mitbekommen haben«, vermutete Trix.

»Es könnte aber auch eine andere Erklärung geben«, warf ich ein.

»Und welche?« Trix zupfte ungeduldig an ihrer Fliege.

»Vielleicht«, sagte ich, »erwähnt Mieke Harms in ihrem Artikel das Pillendöschen und die Leselampe absichtlich nicht – weil es nämlich die beiden einzigen *echten* Spuren sind.«

Wiebke atmete hörbar ein. »Du meinst, Mieke Harms hat das Pillendöschen und die Leselampe extra weggelassen, weil sie weiß, dass diese Dinge dem wirklichen Täter gehören?«

Trix schüttelte skeptisch den Kopf. »Woher sollte sie das wissen? Steckt sie mit ihm unter einer Decke?«

»Möglicherweise«, kommentierte ich. »Aber nicht notwendigerweise. Der Täter könnte sie auch gezielt mit den Informationen gefüttert haben. Vielleicht hat er Mieke angerufen und sich als Mitglied der Detektei Donnerschlag ausgegeben. Von der Lesung wussten ja alle Anwesenden, dass wir ermitteln. Frau Hinnerksen hat das schließlich öffentlich ausgeplaudert. Und über dem Artikel steht: *Von unserer Praktikantin Mieke Harms.* Als Praktikantin hat sie vielleicht noch nicht viel Erfahrung damit, welcher Quelle man trauen kann und welcher nicht.«

»Aber woher weiß der Täter denn von den Beweisstücken?«, fragte Wiebke.

»Vielleicht hat er die Sachen selbst platziert?«, schlug ich vor. »Dabei hat er gleich zwei Fliegen mit einer Klappe geschlagen: die Tat begangen und die falsche Spur gelegt. Also: Die Kapseln mit dem Uranin in die Wasserhähne gefüllt und dabei die Bonbonpapiere hinterlassen, um den Verdacht auf Herrn Schuhpisser zu lenken. Die Schafe mit grüner Viehkennzeichnungsfarbe besprüht und anschließend eine der leeren Dosen bei Käpt'n Flock in die Tonne geworfen, um ihn zu belasten. Den Geist gespielt und dabei einen Stiefel von Wiebkes Mutter gut sichtbar auf dem Deich positioniert, um Argwohn gegen sie zu erzeugen.«

Wiebke nickte. »Das würde dazu passen, dass die Spuren so auffällig eindeutig wirken. Sämtliche Indizien führen zu bestimmten Personen. Alle in Ruckelnsen wissen, dass meine Mutter geblümte Gummistiefel trägt, Herr Schuhpisser Eukalyptusbonbons liebt und die Mülltonne vor dem Heimat- und Schifffahrtsmuseum Käpt'n Flock gehört. Auf der Rechnung stand Herrn Schuhpissers Name sogar direkt drauf.«

»Die hat der Täter bestimmt selbst am Computer erstellt«, vermutete Trix. »Das ist technisch ja gar kein Problem.«

Wiebke nickte. »Es ist geradezu, als würde sich jemand hinstellen und rufen: Seht her, das war Jeske Jansen! Und das war Thorsten Flock, und das war Maik Schuhpisser!«

»Der Täter scheint Ruckelnsen gut zu kennen«, stellte ich fest.

»Kein Wunder«, sagte Trix. »Es ist ja vermutlich gar kein Täter, sondern eine Täter*in*: Klara Schwartz. Und sie hat ihre Kindheit in Ruckelnsen verbracht und kennt sich hier bestens aus.«

Ich holte meinen Block heraus und notierte unsere Überlegungen. »Ja, Klara bleibt oben auf unserer Verdächtigen-Liste. Schließlich wird der Kurzschluss, den die defekte Leselampe erzeugt hat, in dem Artikel nicht erwähnt. Das belastet sie. Nur: Wie passt das zu der zweiten Geistererscheinung? Der Geist hat vorhin ausdrücklich das Buch gefordert. Das haben die Schwartz-Schwestern doch selbst.«

Trix grinste. »Da irrst du dich, Harald. Das Buch haben wir.« Sie holte es aus dem Kellerregal, in dem wir die Beweismittel deponiert hatten.

»Ach ja, das Buch haben wir«, korrigierte ich mich. »Aber was folgt daraus? Klara weiß doch trotzdem, was drinsteht.«

»Vielleicht liegt etwas im Buch, das Klara braucht?«, schlug Wiebke vor. »Oder es wurde handschriftlich etwas hineingeschrieben?«

»Gute Idee.« Trix blätterte die Seite durch: vor, zurück, wieder vor und noch mal zurück. Dann schlug sie das Buch zu. »Leider nichts.«

»Hm.« Ich überlegte weiter. »Damit hat Klara kein Motiv, das Buch zu fordern.«

»Es sei denn, sie will einfach noch mehr Aufmerksamkeit für Auroras Roman erzeugen«, schlug Trix vor.

Das erschien mir nicht sehr wahrscheinlich. »Oder … hm, und wenn hinter der zweiten Geistererscheinung ein anderer Täter steht als hinter dem ersten Spuk und den grünen Vorkommnissen? Immerhin sah der Geist heute ja auch komplett anders aus. Und ich finde, seine Stimme klang auch nicht genauso wie gestern.«

»Stimmt«, bestätigte Wiebke. »Sie klang etwas schriller. Aber was wäre dann das Ziel dieses anderen Täters?«

»Es scheint ihm um das Buch zu gehen«, überlegte ich. »Und das enthält ja angeblich die verschollenen Strophen und damit Hinweise auf das Versteck des Schatzes.«

»Ein Schatz, von dem wir bisher angenommen haben, dass es ihn gar nicht gibt – genauso wenig wie die Grüne Johanna«, wandte Trix ein.

Wiebke klopfte auf Auroras Buch. »Vielleicht existiert der Schatz ja doch. Am besten lese ich das Buch gleich mal quer, dann wissen wir, ob dort wirklich die verschollenen Strophen drin sind – und damit ein Hinweis auf den Schatz. Das bringt uns dem Geister-Schauspieler von heute und seinem Motiv möglicherweise näher.«

»Und in der Zeit nehme ich die neuen Fingerabdrücke ab.« Trix holte die Plastiktüte mit ihrem Mobiltelefon aus der Tasche und wickelte das Visitenkarten-Etui aus ihrem Taschentuch. »Gib mir mal die Rauchbombe und die Seite aus deinem Notizblock, auf die du die Fingerabdrücke geklebt hast, Harald.«

Ich reichte ihr beides.

Während Trix die Beweismittel auf Fingerabdrücke untersuchte, vertiefte Wiebke sich in Auroras Buch. Nur ich hatte nichts zu tun. Ich lauschte dem Regen, der wieder an das Fenster der Detektei prasselte, und trommelte im passenden Rhythmus dazu auf dem Tisch herum.

»Ich bitte um Ruhe«, murmelte Trix.

Ich trommelte etwas leiser.

Nach einer gefühlten Ewigkeit sagte Trix: »Fertig. Jetzt haltet euch fest.« Sie legte den Block mit den Fingerabdrücken so auf meinen Schreibtisch, dass wir alle draufschauen konnten. Neben den beiden Daumenabdrücken prangte ein neuer.

»Der Daumen auf der Rauchbombe ist tatsächlich der gleiche wie auf der Spraydose und dem Pillendöschen.« Trix zeigte auf die Abdrücke. »Tja. Vielleicht steckt doch ein und derselbe Täter hinter allem.«

Das musste ich zugeben.

»Und die Abdrücke von Käpt'n Flock und Herrn Schuhpisser?«, fragte Wiebke.

Trix lächelte. »Die sind erstklassig geworden, die Sachen haben wirklich ideale Oberflächen dafür.« Sie legte ein Blatt neben das bereits vorhandene. Gespannt blickten wir darauf.

»Komplett anders!«, entfuhr es Wiebke.

Und genauso war es: Weder der Abdruck von Herrn Schuhpisser noch der von Käpt'n Flock passten zu dem Daumen von der Spraydose, dem Pillendöschen und der Rauchbombe.

»Der Käpt'n und Herr Schuhpisser scheinen keinen dieser Gegenstände berührt zu haben«, folgerte Wiebke.

Trix nickte. »Das passt zu unserer Theorie, dass der Gummistiefel und die Spraydose extra platziert wurden – vermutlich von der Person, deren Fingerabdrücke auch auf dem Pillendöschen und der Rauchbombe sind.«

»Dann ist dieser Unbekannte jetzt unser Hauptverdächtiger«, stellte ich fest.

»Und wahrscheinlich ist er ein Komplize von Klara«, ergänzte Trix.

Ich seufzte. »Trix, du hast dich total auf Klara eingeschossen. Sie muss doch nicht für alle Taten in diesem Fall verantwortlich sein.«

Trix verschränkte die Arme vor der Brust. »Ich habe mich gar nicht eingeschossen. Klara *ist* einfach so verdächtig.«

Bevor wir uns streiten konnten, stand ich auf. »Am besten fahre ich gleich mal zur Apotheke Sörensen. Heute ist zwar Sonntag, aber Frau Sörensen wohnt ja im gleichen Haus. Vielleicht kann sie mir sagen, was für Tabletten in dem Pillendöschen sind. Unter Umständen gibt uns das einen Hinweis auf den Täter. Und Trix – würdest du dich auf die Suche nach Mieke Harms machen? Sie steckt vielleicht in der Sache mit drin.«

»Ja, in Ordnung.« Trix sah nicht begeistert aus. »Auch wenn es gerade in Strömen regnet.«

»Und ich lese weiter in Auroras Roman.« Wiebke vertiefte sich in das Buch.

Auf der Fahrt wehte mir der Wind den Regen ins Gesicht. Die Apotheke war natürlich geschlossen. Doch an der Tür hing ein Schild, auf dem stand, dass man in Notfällen an Frau Sörensen Privatwohnung klingeln sollte.

»Ist ein Notfall«, stellte ich fest und klingelte.

Kurz darauf tönte Frau Sörensen Stimme aus der Gegensprechanlage. »Ja, hallo?«

»Guten Tag, es handelt sich um einen Notfall«, sprach ich hinein.

»Bist du das, Harald?«, fragte Frau Sörensen.

»Ähm, ja.«

»Geht es wirklich um einen Notfall? Oder schon wieder um irgendwelche Ermittlungen?«

»Beides.«

Durch die Gegensprechanlage hörte man Frau Sörensen seufzen. »Na gut. Ich komme runter.«

Einen Moment später öffnete sich die Tür der Apotheke. Frau Sörensen trug ihren weißen Kittel. »Na, dann mal rein mit dir. Du bist ja ganz nass. Nicht dass du dich erkältest.«

Sie stellte sich hinter die Theke. »Worum geht es denn, Harald? Heute Morgen der seltsame Anruf wegen des Gasmanns, und jetzt hast du einen Notfall?«

Ich schraubte den Deckel des Pillendöschens ab und legte es vor sie hin. »Können Sie mir sagen, um was für Tabletten es sich handelt?«

Frau Sörensen setzte ihre Brille auf und nahm mit einer Pinzette eine der Tabletten aus der Dose. »Ach, das erkenne ich ja auf einen Blick.« Sie hielt mir die Tablette hin. »Siehst du das Y, das hier eingeprägt ist? Das macht nur eine bestimmte Firma bei ihren Antiallergika.«

»Antiallergika? Sind das Medikamente für Leute mit Allergien?«, hakte ich nach.

Frau Sörensen nickte. »Genau. Dieses Präparat hilft sehr gut bei Heuschnupfen, Hausstaub- und Tierallergien.«

Ich war enttäuscht. Diese Information brachte uns im Moment nicht weiter. Aber was hatte ich erwartet? Dass Frau Sörensen mir Name und Anschrift des Täters lieferte?

»Vielen Dank, Frau Sörensen!« Seufzend schraubte ich das Pillendöschen zu und steckte es ein.

»Nimm das mal noch mit Harald.« Frau Sörensen holte unter der Theke ein kleines Tütchen hervor. *Testen Sie unser Vitamin C* stand darauf. »Das stärkt die Abwehrkräfte. So nass, wie du bist, kann das nicht schaden, nä?«

Als ich zurück in die Detektei kam, brütete Wiebke immer noch über Auroras Buch. Neben ihr lagen mehrere eng beschriebene Blätter.

Trix war noch nicht zurück.

Ich hängte meinen nassen Mantel auf und setzte mich. »Die Pillen sind Antiallergika. Für Leute mit Katzenallergie.«

Wiebke blickte auf. »Das sagt mir jetzt erst mal nichts. Ich kenne niemanden, der eine Katzenallergie hat.«

»Ich auch nicht.«

In diesem Moment kam Trix zur Tür herein Sie legte ihre nasse Jacke über einen Stuhl, setzte sich und nieste.

Ich gab ihr das Vitamin C von Frau Sörensen. »Das stärkt die Abwehrkräfte. Und, hast du Mieke Harms gefunden?«

Trix nieste noch mal und riss das Tütchen auf. »Danke. Und: Ja, ich habe Mieke gefunden. Sie saß in einem Fisch-Imbiss ganz in der Nähe des Rathauses vor ihrem Notebook und hat ein Krabbenbrötchen verdrückt. Sie hat sogar mit mir gesprochen.« Trix nieste erneut. »Und sie hatte ziemlich interessante Dinge zu sagen.« Trix kippte sich das Vitamin-Granulat in den Mund. »Hm, lecker zitronig. Also, hört zu: Mieke wurde ihrer Aussage nach von einem Unbekannten angesprochen und gefragt, ob sie an einer Sensation interessiert wäre. Sie hat Ja gesagt – und er hat ihr die Infos über unseren Ermittlungsstand gegeben. Es ist ihr ziemlich unangenehm, dass sie uns damit Probleme bereitet hat. Sie ist noch nicht lange bei der Zeitung und wollte unbedingt einen Knüller bringen. Ich glaube, es tut ihr wirklich leid.«

Da war ich mir nicht so sicher. »Na ja.«

»Hat sie den Typen beschrieben?«, hakte Wiebke nach.

Trix grinste. »Ja. Gut, dass du deinen Hut nicht aufhast, Harald. Sonst würde er dir jetzt hochgehen. Passt auf: Der Mann hatte einen dunkelblonden Bart, eine runde Brille und trug einen gelben Regenmantel.«

☠ Kapitel 17

In dem wir mehr über das Privatleben der Grünen Johanna erfahren und Wiebke nicht singt.

»Der Regenmantel-Mann von gestern Nachmittag!«, rief ich.

»Genau«, bestätigte Trix. »Die Beschreibung passt perfekt auf ihn.«

»Welcher Regenmantel-Mann?«, fragte Wiebke.

»Den haben wir gestern auf dem Weg zum Tankwagen getroffen«, berichtete ich. »Und ... und ... und Fräulein Karnelia und Miss Moneypenny sind ihm um die Beine gestrichen, und ... und er hat geniest!«

»Ja und?«, fragte Trix. »Warum ist das so bemerkenswert?«

In kurzen Worten schilderte ich ihr meine Ermittlungen in der Apotheke. »Oha«, kommentierte Trix. »Wenn der Regenmantel-Mann eine Katzenallergie hat, dann gehört ihm höchstwahrscheinlich das Pillendöschen. Damit ist er schon zweifach verdächtig: als derjenige, der Mieke Harms die falschen Informationen gegeben hat, und als der Besprüher der Schafe.«

»Geht weg!«, sagte Wiebke.

»Hä?« Das fand ich nicht besonders freundlich. »Wenn du alleine sein willst, Wiebke, dann …«

Doch sie fiel mir ins Wort. »*Geht weg!* Das hat der Geist bei seinem ersten Auftritt auf dem Deich gerufen. Und *Lasst mich in Ruhe.* Außerdem hat er geröchelt wie verrückt. Wisst ihr, was das bedeuten könnte? Der Regenmantel-Mann muss gestern Abend den Geist gespielt haben! Und Miss Moneypenny und Fräulein Karnelia waren während seines Auftritts auf dem Deich unterwegs, wetten? Als Katzenhaarallergiker verträgt er keine Katzenhaare. Darum hat er so geröchelt und versucht, sie mit Rufen wegzuscheuchen. Schließlich hat er Fräulein Karnelia sogar weggeschoben. Und dabei die grünen Handabdrücke auf ihrem Fell hinterlassen.«

Ich nickte. »Bei der Lesung habe ich den Regenmantel-Mann nicht gesehen. Er kann also durchaus der Geist auf dem Deich gewesen sein.«

»So ist es«, murmelte Trix. »Und noch etwas: Die Rechnung von *Gut-Im-Futter.de* haben wir gestern doch auf dem Rückweg vom Tankwagen gefunden. Die muss der Regenmantel-Mann dort hingelegt haben, nachdem wir auf dem Hinweg mit ihm gesprochen hatten. Wir haben ihm ja erzählt, dass wir in der Sache des grünen Wassers ermitteln. Da muss ihm klar geworden sein, dass es keine bessere Gelegenheit gibt, die gefälschte Rechnung zu platzieren. Er konnte sich denken, dass wir mit den vollen Eimern den direkten Weg zurück nehmen würden.

Und dass wir als Detektive auch auf Indizien achten, die erst mal bedeutungslos erscheinen.«

»Gut.« Ich trommelte auf den Tisch. »All das spricht dafür, dass er für die grünen Vorkommnisse, die falschen Anschuldigungen und die erste Geistererscheinung verantwortlich ist. Aber: Auf der Rauchbombe haben wir ja den gleichen Daumenabdruck gefunden wie auf dem Pillendöschen. Steckt der Regenmantel-Mann also auch hinter dem Spuk von heute?«

»Der Daumenabdruck spricht dafür«, stellte Wiebke fest.

»Klara muss den Regenmantel-Mann beauftragt haben«, sagte Trix. »Mit der zweiten Geistererscheinung will sie noch mehr Werbung für Auroraleins Buch machen.«

»Oder handelt er auf eigene Rechnung?«, überlegte ich. »Dann fragt sich bloß, was er erreichen will? Geht es ihm darum, Unfrieden zu stiften? Oder tatsächlich um den Schatz? Gibt es den Schatz überhaupt? Konntest du in Auroras Buch dazu was herausfinden, Wiebke?«

Wiebke rieb sich die Augen. »Na ja. Die verschollenen Strophen stehen drin, über das ganze Buch verteilt.« Sie blätterte in ihren Aufzeichnungen. »Ich habe sie alle auf ein Blatt geschrieben, damit wir sie am Stück lesen können. Aber ich konnte keinen Hinweis auf das Versteck des angeblichen Schatzes daraus entnehmen. Vielleicht seid ihr ja schlauer. Soll ich euch die zwölf Strophen hintereinander vorlesen, die fünf bekannten und die sieben verschollenen?«

»Vorlesen? Ich dachte du *singst* sie uns vor«, stellte ich fest.

»Wir sind nicht zum Klönschnack hier, du Sabbelbüddel!«
Trix klang exakt wie Käpt'n Flock. »Wiebke hat das Wort.«

Wiebke lachte. Dann begann sie zu rezitieren:

»Aus Ruckelnsen vor vielen Jahr'
So flüstert es im Schlick
Kam eine Maid mit grünem Haar
Und bitterbösem Blick
So hört, was ich berichten will
Von jener wilden Frou
Die Meer und Gold ihr eigen nannt'
Die ihren Tod im Wasser fand
Und doch nie kam zur Ruh
Sie nannt' sich Grien Johanna.«

»Diese Strophe kennen wir bereits.« Wiebke schaute von der
Seite auf. »Käpt'n Flock hat sie gestern Abend vor der Lesung
gesungen. *Frou* heißt auf Friesisch übrigens *Frau*.«

»Hab ich mir schon gedacht«, murmelte Trix.

»Und jetzt kommen vier verschollene Strophen«, kündigte
Wiebke an.

Trix und ich spitzten die Ohren, während Wiebke weiter
vorlas:

»Johanna war ein kluges Kind
Zu klug für eine Deern
Sie lernte, las und schrieb geschwind
Und blieb der Küche fern
Die Folk machte Johanna bang
Mit ihrem hellen Sinn
Und Ruckelnsen, das raunt und spricht
Dem Herrn Pastor sein Süchterwicht
Das ist ein Hexenkind
Das war die Grien Johanna.«

Wiebke ließ das Blatt mit ihren Notizen sinken. »*Süchterwicht* heißt auf Friesisch ...«

»... Nichte«, ergänzte ich. Zum ersten Mal fand ich es nicht überflüssig, dass Wiebke und ich in der Schule Friesisch lernten. »Und so kam das ja auch bei Auroras Lesung vor: Johanna war die Nichte des Ruckelnser Pastors. Er hat die kleine Johanna aufgenommen, nachdem ihre Eltern gestorben waren.«

»Stimmt.« Trix schaute auf Wiebkes Blatt. »Und wie versteht ihr: *Die Folk machte Johanna bang?*«

»Die *Folk* sind die Leute«, sagte Wiebke. »Ich verstehe es so, dass die Leute Johanna seltsam fanden, weil sie sehr viel gebildeter war als die anderen. Zu gebildet für ein Mädchen jedenfalls – *zu klug für eine Deern.* Und irgendwie scheinen sie auf die Idee gekommen zu sein, Johanna wäre eine Hexe.«

Trix schüttelte den Kopf. »Bescheuert.«

»Genau«, stimmte Wiebke zu. Dann trug sie weiter vor:

»Nur einer war Johanna gut
Und Gnitterslag sein Naam
Wenn een Johanna Hexe schalt
War Ewald jenem Gram
Er schützte sie vor Hass und Zorn
Und wollt Johanna troen
Sien Vadder wurde angst und bang
Er fleht des Bischoffs Häscher an
Die Hexe wegzutun
Das war die Grien Johanna.«

»Das kapiere ich nicht«, sagte Trix. »Gnitterslag? Ewald? Sind das zwei verschiedene Personen oder eine?«

»Ich denke, es geht um jemanden, der Ewald Gnitterslag hieß«, vermutete Wiebke. »Ewald ist der Vorname.«

Wir lachten. »Ich bitte um Konzentration«, sagte Trix dann. »Der Vater von diesem Ewald Gnitterslag hat Johanna also als Hexe angezeigt, damit sein Sohn sie nicht heiraten kann. *Troen* heißt ja heiraten, oder?«

»Ja, genau«, bestätigte Wiebke. »Aber leider nichts von einem Schatz bisher. Und in der nächsten Strophe wird von Johannas Flucht aus Ruckelnsen erzählt:

Dem Oheim war es wohl bekannt
Johanna musste fliehn
Denn wer die Wiegeprob' bestand
Der war anschließend hin
Die Häscher ritten rasch zur Kark
Johanna lief zum Meer
Und wie ein Wunder kam es an
Ein Segelschiff mit dreizehn Mann
Das nahm Johanna her
Das war die Grien Johanna.

Zur Kark heißt *zur Kirche*«, erläuterte Wiebke. »Die Häscher des Bischoffs sind also zur Kirche des Onkels geritten, um Johanna zu erwischen und sie dieser Wiegeprobe zu unterziehen.«

»Wiegeprobe?«, wiederholte Trix. »Was ist das?«

»Ich hab's nachgeschaut.« Wiebke seufzte. »Das ist eine üble Sache. Die Wiegeprobe war im Mittelalter eine Form der Hexenprobe. Dabei wurde überprüft, ob es sich bei einer Person um eine Hexe handelte oder nicht. Bei der Wiegeprobe wurde die angebliche Hexe gewogen. Wog sie weniger als fünf Kilo, war sie als Hexe überführt. Die Leute glaubten nämlich, Hexen wären sehr leicht, weil sie ihre Seele an den Teufel verkauft hätten. Und wenn die Angeklagte schwerer war als fünf Kilo – was bei einer erwachsenen Frau ja zu erwarten ist –, wurde sie beschuldigt, die Waage durch Hexerei manipuliert zu haben. Auch dann war sie als Hexe überführt. Die Angeklagte war also auf jeden Fall verloren.«

»Genauso steht es da ja auch«, stellte ich fest. »*Wer die Wiegeprob bestand, der war anschließend hin.*«

Wiebke nickte. »Aber zum Glück konnte Johanna mit den Piraten fliehen. Hört zu, wie es weitergeht:

Der Käpt'n sprach: Wer bist du, Deern?
Johanna wurde bang
Sie fragte: Was seid ihr für Herrn?
Die Männer lachten lang
Sie schrien: Nein, Herren sind wir nicht!
Wir machen Likkedeel
Wir fahren übers wilde Meer
Wir nehm der Herrn Geschmeide her
Und jaans den armen Seel!
Das hörte Grien Johanna.«

»Die Likkedeeler haben die Beute gerecht geteilt, das wissen wir ja schon. Und einen Teil haben sie den Armen gegeben«, sagte Trix. »Oder was sonst soll *Und jaans den armen Seel* heißen?«

»So verstehe ich das auch«, stimmte ich zu.

»Und ich kapiere diese ganze Geschichte endlich richtig«,

sagte Wiebke. »Ich habe mich immer gefragt, warum Johanna eigentlich Piratin geworden ist. Aber jetzt ist klar: Sie musste aus Ruckelnsen fliehen, wurde von den Likkedeelern gerettet und hat anschließend bei denen mitgemacht. Sagt mal, fällt euch was auf? In Ruckelnsen sind ausgerechnet diejenigen Singenden Steine in Vergessenheit geraten, deren Strophen nicht sehr schmeichelhaft für die Ruckelnser Bevölkerung sind.«

»Genau«, stimmte Trix zu. »Als hätte man lieber vergessen, dass die Ruckelnser mal so dumm und engstirnig waren.«

Wiebke schaute wieder auf ihr Blatt. »Die nächsten drei Strophen sind welche von den bekannten, die Käpt'n Flock gestern Abend auch vorgesungen hat:

Johanna ging auf Kaperfahrt
Für zwanzig lange Jahr
Sie raubte, stahl und kämpfte hart
Und grien wurde ihr Haar
Vom Gold, vom Schmuck, vom feinen Stoff
Gab sie den Armen Brot
Die Hanse sprach: Sie ist verdammt
Nehmt eure Schwerter in die Hand
Und jagt sie bis zum Tod!
Das war die Grien Johanna.

Johanna hört die Hanse drohn
Und weiß, es ist vorbei
Sie gab den Männern ihren Lohn
Und setzte alle frei
Doch keiner ließ Johanna stehn
Wir kämpfen, war ihr Wort
So füllten sie ihr Gold und Geld
In einen Sack, der alles hält
Den Schatz brachten sie fort
Den Ort weiß Grien Johanna.«

»Da wird der Schatz zum ersten Mal richtig erwähnt«, bemerkte Wiebke. »Johanna und ihre Männer haben ihn offenbar schon vor der großen Schlacht mit der Hanse in Sicherheit gebracht.«

»Das spricht dafür, dass er nicht am Meeresboden liegt«, folgerte Trix. »Sondern in einem Versteck.«

Wiebke nickte. »Weiter geht es mit noch einer bekannten Strophe:

Vor Helgoland kam es zur Schlacht
Das Meer lag ruhig und weit
Johanna trotzt der Hansemacht
Doch nur für eine Zeit
Der blanke Hans erfasst ihr Schiff

Die See brodelt und zischt
Und plötzlich bricht der griene Bann
Mit Mast und Maus und dreizehn Mann
Versinkt es in der Gischt
Und mit ihm Grien Johanna.«

Wiebke schaute uns bedeutungsvoll an. »So. Und jetzt kommen noch zwei verschollene Strophen, die der Geschichte eine völlig neue Wendung geben.«

Kapitel 18

In dem wir fünf neue Totenköpfe entdecken, einen Dachboden untersuchen und einer Bande auf die Schliche kommen.

Wiebke machte eine kleine, spannungsgeladene Pause. »Die Grüne Johanna«, sagte sie dann, »ist nämlich gar nicht bei der Seeschlacht ertrunken.«

»Die Grüne Johanna ist nicht ertrunken?« Ich sah Wiebke erstaunt an.

»Echt?« Auch Trix schien das kaum glauben zu können.

»Wenn man dem Lied Glauben schenken kann, ja. Ihr werdet es gleich mit euren eigenen Ohren vernehmen«, versprach Wiebke. »Hier kommt die nächste verschollene Strophe:

Die Hanse glaubt Johanna tot
Die Nacht war schwarz und kalt
Johanna in der größten Not
Fand an sich selber Halt
Ihr Ebenbild, das hielt sie fest
Die Wellen wurden sacht

Und trugen sie zum Heimatstrand
Wo Ewald Gnitterslag sie fand
Und in die Kirche bracht
Er liebte Grien Johanna.«

»Tatsache«, gab ich zu. »Das klingt ja wirklich so, als hätte Johanna überlebt.«

Trix zupfte an ihrer Fliege. »Das finde ich etwas seltsam: Sie hat sich an ihrem Ebenbild festgehalten? Wie ist das zu verstehen?«

»Vermutlich ist damit die Galionsfigur gemeint«, schlug Wiebke vor. »Die Figur ist doch ihr Ebenbild, oder? Weil sie aussieht wie die Grüne Johanna. Die Piratin hat sich an der Figur festgehalten und es so bis an die Küste Ruckelnsens geschafft. Klar, die Figur ist ja vermutlich hohl, die schwimmt auf dem Wasser.«

»Und Ewald Gnitterslag hat Johanna gerettet«, ergänzte ich. Wiebke nickte und las weiter vor:

»Der Pastor gab Johannas Hand
Dem Ewald in der Kark
Sie schlossen nachts das Eheband
Wo Dunkelheit sie barg
Sie flohen schnell nach Humbug hin
Wo niemand sie erkannt

Sechs Wochen drauf kam Ewald dann
Mit seiner Braut Walburga an
Die er in Humbug fand
Doch es war Grien Johanna.«

»Äh, verstehe ich das richtig?« Trix sah uns an. »Ewald Gnitterslag hat die Grüne Johanna geheiratet, ist mit ihr nach
Humbug gefahren, sechs Wochen später zurückgekehrt und
hat behauptet, sie wäre seine Braut Walburga, die er in Humbug kennengelernt hat?«

Wiebke lächelte. »Genauso klingt es. Das heißt, die Grüne
Johanna hat unter dem Namen Walburga wieder in Ruckelnsen
gewohnt. Wer weiß, vielleicht hat sie sogar Kinder bekommen,
und es leben heute Nachfahren der Piratin hier. Die nächste
Strophe ist eine der bekannten Strophen, in der es tatsächlich
noch mal um den Schatz geht. Nur leider erkenne ich da auch
keinen Hinweis auf sein Versteck. Hört zu:

So war Johanna unsichtbar
Jedoch ihr Ebenbild
Das strandete in Ruckelnsen
Wo Seegras wuchert wild
In Ruckelnsen am Schulzenhaus
Hängt nun die Frau aus Holz
Und wer Johannas Goldschatz sucht

Wird von dem hölz'nern Geist verflucht
Denn sie ist bös und stolz
Dann rächt sich Grien Johanna.«

»Wo Seegras wuchert wild?« Trix zupfte an ihrer Fliege.
»Könnte das ein Hinweis sein?«

Ich schüttelte den Kopf. »Wenn, dann ist nichts damit anzufangen. Hier wächst fast überall Seegras.«

»Das stimmt leider«, sagte Wiebke. »Die Ruckelnser wussten nichts von Johannas Rettung, haben nur die Figur gefunden und sie an ihr Schulzenhaus gehängt. Der Schulze war so eine Art Bürgermeister. Und im Schulzenhaus von Ruckelnsen ist ja heute Käpt'n Flocks Heimat- und Schifffahrtsmuseum.«

»Dann hat der Käpt'n ja vielleicht doch recht, und seine Figur ist wirklich original vom Schiff der Grünen Johanna«, sagte Trix.

Wiebke schüttelte den Kopf. »Das glaube ich nicht. Die Figur, die heute an der Fassade hängt, ist eine Nachbildung. Aber das Lied weist darauf hin, dass vielleicht tatsächlich mal die echte Galionsfigur dort gehangen hat – wenn das nicht doch alles nur eine Legende ist.« Sie blickte auf ihr Blatt. »An dieser Stelle ist das Lied in der heute bekannten Version zu Ende. Im Buch steht aber eine weitere Strophe, die zwölfte. Es wird noch mal richtig interessant. Also, ich lese vor:

Nur einmal wurde es gewagt
Vor allzu langer Zeit
Ein Schuft hat das Versteck erfragt
Doch kam er nicht mehr weit
Johanna ließ das Holz zurück
Und spukte durch den Ort
Dass Wasser grün im Brunnen rinnt
Dass Turm und Tiere ihre sind
Den Mann jagte sie fort
So wacht die Grien Johanna.

Na?« Wiebke sah uns erwartungsvoll an. »Was sagt ihr dazu?«

»Dass Wasser grün im Brunnen rinnt, dass Turm und Tiere ihre sind«, murmelte ich. »Grünes Wasser und ein Piratenzeichen auf Tieren und Turm kommen also wirklich in den verschollenen Strophen vor! Wenn der Regenmantel-Mann tatsächlich den grünen Spuk inszeniert hat, muss er diese Strophe gekannt haben.«

»Ja, von Klara Schwartz«, sagte Trix. »Weil er ihr Komplize ist.«

Ich war mir da nicht ganz so sicher. »Klara hängt mit drin, das glaube ich auch. Aber würde sie wirklich noch eine zweite Geistererscheinung inszenieren, nachdem ihre Schwester auf die erste so panisch reagiert hat? Das glaube ich nicht. Ich vermute vielmehr, dass der Regenmantel-Mann es auf den Schatz abgesehen hat. Vielleicht sucht er ihn schon lange und wollte mit der ersten Geistererscheinung verhindern, dass durch die Veröffentlichung des Buches am Dienstag die Hinweise auf den Schatz von jedermann nachgelesen werden können. Und nachdem es nicht so aussah, als würden Klara und Aurora darauf eingehen, fordert er nun das Buch selbst, um allen anderen Schatzsuchern zuvorkommen zu können.«

»Diese Hypothese hat nur ein Problem«, stellte Trix fest. »Es scheint in den Strophen keinen Hinweis auf das Versteck des Schatzes zu geben. Oder erkennt ihr da etwa einen?«

Wiebke schüttelte den Kopf. »Das Lied ist eher eine Warnung davor, gar nicht erst nach dem Schatz zu suchen. Weil sonst die Grüne Johanna kommt und sich rächt.«

»Stimmt leider. Schöner Mist.« Ich schnappte mir das Buch und machte damit eine ausholende Bewegung, als wollte ich es an die Wand werfen. Dabei löste sich der Schutzumschlag, etwas fiel heraus und segelte zu Boden.

»Was ist denn das?« Wiebke bückte sich und legte ein Foto auf den Tisch. Es war ein ganz ähnliches Bild wie jenes, das Trix am Tag zuvor im Rathaus entdeckt hatte. Auch dieses Foto zeigte Klara, Aurora und Frau Jansen als Kinder – und auch hier waren sie zusammen mit dem dicken Jungen abgelichtet worden. Diesmal waren die vier bei einer Polonaise zu sehen. Der Junge hatte das Gesicht dem Fotografen zugewandt und schaute frontal in die Kamera. Wieder blinzelte er.

»Da ist noch ein anderes Mädchen dabei«, sagte Wiebke. »Mit blonden Zöpfen.«

»Ja, das scheint ein Sommerfest zu sein«, kommentierte Trix. »Die sind alle so braun gebrannt. Aber – fällt euch was auf?« Sie zeigte auf das Foto. »Alle vier tragen ein grünes Zeichen auf dem Oberarm.«

»Einen grünen Totenkopf!«, murmelte Wiebke.

Ich kniff die Augen zusammen. »Und trägt nicht auch das fünfte Kind mit den Zöpfen den grünen Totenkopf auf dem Arm?«

Trix nickte. »Tatsächlich. Was hat das bloß zu bedeuten?«

Ich schaute auf das Bild. In meinem Kopf ließ sich immer wieder ein Gedanke blicken – doch ich bekam ihn einfach nicht zu fassen. Schnell wie ein Wimpernschlag tauchte er auf und verschwand dann sofort wieder. »Moment mal, Wimpernschlag?«, murmelte ich vor mich hin.

»Hast du was gesagt?«, fragte Wiebke.

»Der Junge hat auch auf diesem Bild die Augen geschlossen«, sagte ich. »Wisst ihr was? Ich glaube, er blinzelt gar nicht wegen des Blitzlichts, sondern weil er einen nervösen Tick hat. Den er auch als Erwachsener nicht losgeworden ist. So wie der Regenmantel-Mann!«

Wiebke und Trix schauten das Foto an.

»Du meinst, der Regenmantel-Mann ist der Junge auf dem Foto?«, fragte Trix. »Ja. Die geschlossenen Augen, die Nase –

das passt. Allerdings ist er ziemlich gewachsen und überhaupt nicht mehr übergewichtig. Doch das ist ja durchaus möglich.«

»Aber der Junge hat doch dieses riesige Feuermal am Kinn«, wandte Wiebke ein.

»Deshalb trägt der Regenmantel-Mann einen Bart«, vermutete ich. »Um das Feuermal zu verdecken, an dem die Ruckelnser ihn vermutlich erkennen würden.«

Trix nickte. »Damit haben wir eine Verbindung zwischen ihm und Klara gefunden: Sie waren als Kinder befreundet. Er ist eben doch Klaras Komplize. Es wäre immerhin möglich, dass Klara das Buch zurückhaben will, weil dieses Foto darin liegt. Weil darauf zum Beispiel irgendetwas zu sehen ist, das niemand sehen soll. In dem Fall steckt sie vielleicht doch auch hinter der zweiten Geistererscheinung.«

Ich sah auf die Uhr. »Es ist schon sechs. Wir müssen jetzt dringend zur Schiete-Insel rüberlaufen. In einer Stunde will der angebliche Geist der Grünen Johanna dort Auroras Buch abholen.«

Wiebke faltete ihre Zettel zusammen und steckte sie in die Tasche. Dann nahm sie das Foto vom Tisch. Sie stutzte. »Wartet mal, da steht ja hinten was drauf.« Sie zeigte uns die Rückseite des Fotos. *Die Bande der Grünen Johanna*, stand da in einer kindlichen Schrift.

»Die Bande der Grünen Johanna?« Ich sah meine Kolleginnen an. »Was hat das zu bedeuten?«

Trix grinste. »Dass Klara und der Regenmantel-Mann definitiv Komplizen sind, zum Beispiel?«

Wiebke wurde blass. »Und meine Mutter? Sie ist schließlich auch auf dem Foto!«

Wir hatten keine Zeit mehr, darüber nachzudenken. Um rechtzeitig um sieben Uhr auf der Schiete-Insel zu sein, mussten wir uns beeilen. Wir rannten zum Deich.

Schon von oben aus war zu sehen, dass es im Watt immer noch von Leuten wimmelte. Sie gingen sehr langsam und trugen ihre Metalldetektoren vor sich her.

»Die Schatzsucher«, sagte Trix. »Und Geisterjäger sind sicherlich auch darunter.«

Am Strand wurde bereits das Holz für die Osterfeuer zu großen Haufen aufeinandergeschichtet.

Wir zogen Schuhe und Socken aus, krempelten unsere Hosenbeine hoch und liefen los. Ich hatte noch nie eine Wattwanderung mit so viel Verkehr gemacht. Man musste sich einen Weg durch die Leute bahnen wie in einer Fußgängerzone am verkaufsoffenen Sonntag.

Auf dem sandigen Watt war es noch angenehm zu laufen, doch dann kam der Schlick. Nicht nur, dass er stank, er war auch eiskalt. An manchen Stellen sank ich bis zu den Waden ein. Und je näher wir der Schiete-Insel kamen, desto lauter wurde das furchtbare Kreischen der Vögel.

»Schaut mal da, greifen die Vögel etwa die Leute an?« Trix deutete nach vorne. »Das ist ja wie in einem Horrorfilm.«

Tatsächlich floh gerade eine Gruppe Menschen mit geduckten Köpfen vor zwei wütend keifenden schwarzen Vögeln.

»Es ist Brutzeit«, stellte Wiebke fest. »Die Leute werden in die Nähe eines Nestes gekommen sein. Am besten suchen wir uns jeder einen langen Stock, sobald wir auf der Insel sind.«

»Willst du die Vögel schlagen, nur weil sie ihre Nester verteidigen?« Trix klang richtig empört.

»Quatsch. Wenn man einen langen Stock in der Hand hält, greifen die Vögel den Stock an. Weil sie den höchsten Punkt attackieren.«

Dann hatten wir es endlich geschafft. Die Schiete-Insel lag vor uns. Auch sie war überlaufen von Schatzsuchern und Geisterjägern, die mit ihren Metalldetektoren und Geisteraktivitäts-Messgeräten das Gelände absuchten.

Am Strand der Insel nahmen wir uns jeder einen extralangen Stock und gingen los in Richtung Schiete-Turm. Das war gar nicht so leicht, denn die Insel war überwuchert mit dornigem Unterholz. Zum Glück hatten die anderen Leute schon Schneisen in das Gestrüpp geschnitten.

Schließlich erreichten wir den Schiete-Turm.

Auch hier vergnügten sich Geisterjäger und Schatzsucher. Sie saßen auf dem steinernen Boden, durchforsteten die Dor-

nenbüsche, die im Schiete-Turm wuchsen, und hielten ihre Messgeräte in die Luft. Die Vögel schrien irritiert.

»Mist«, fluchte Trix, »so können wir die Übergabe doch vergessen. Wenn die ganzen Leute hier sind, wird der ›Geist‹ sich nicht blicken lassen.«

Das sah ich genauso. »Wie werden wir die nur los?«

Wiebke zuckte mit den Schultern. »Gar nicht.«

»Vielleicht doch.« Trix formte die Hände zu einem Trichter. »Harald, Wiebke«, sprach sie mit lauter Stimme, »kommt schnell! Der Geist der Grünen Johanna wurde am Rathaus gesehen!«

»Am Rathaus?«, wiederholten einige Leute aufgeregt. »Wirklich?«

»Ja, ganz bestimmt«, bestätigte Trix.

»Unsinn«, tönte eine andere Stimme. Es war der Mann mit dem Staubsaugerschlauch. »Fallt bloß nicht darauf rein. Die Kinder wollen den Geist nur für sich haben. Die Übergabe des Buches soll um sieben Uhr stattfinden, also wird der Geist in zehn Minuten hier erscheinen.«

Die Leute nickten.

Trix seufzte. »Einen Versuch war es wert.«

»Wir können uns im Gebüsch auf die Lauer legen«, flüsterte ich. »Falls um sieben einer unserer Verdächtigen auftaucht, zum Beispiel der Regenmantel-Mann oder Klara Schwartz, haben wir das so im Blick.«

Also hockten wir uns hinter einen besonders großen und besonders dornigen Busch und warteten.

Trix sah auf die Uhr. »Noch drei Minuten bis sieben.«

Nach wie vor tummelten sich Schatzsucher und Geisterjäger im Schiete-Turm.

»Ich glaube, es ist sinnlos«, flüsterte Wiebke.

Trotzdem warteten wir.

»Punkt sieben Uhr«, verkündete Trix schließlich.

Weder der Regenmantel-Mann noch Klara Schwartz tauchten auf.

»Der angebliche Geist hat offenbar angesichts der Überbevölkerung entschieden, die Sache abzublasen«, sagte Trix.

»Trotzdem sollten wir noch etwas warten«, schlug ich vor.

Doch keiner unserer Verdächtigen ließ sich blicken.

Zehn Minuten später gaben wir auf.

»Was haltet ihr davon, noch einen Blick in die Blockhütte zu werfen?«, fragte Wiebke. »Ich vermute, dass es das Haus ist, in dem Klara und Aurora mit ihren Eltern gewohnt haben.«

»Gute Idee«, stellte ich fest.

Auch Trix war einverstanden.

Wir kämpften uns durch das Gestrüpp zu dem Blockhaus durch. Hierher waren weder Geisterjäger noch Schatzsucher vorgedrungen.

Die Hütte wirkte tatsächlich ziemlich baufällig.

»Kein Wunder, die Schiete-Insel wird schließlich immer mal

wieder überflutet«, sagte Wiebke. »Da leidet das Holz natürlich. Irgendwann wird die Insel ganz untergehen, und dann ragt nur noch der Turm aus dem Meer.«

Es gelang uns, die morsche Tür zu öffnen. Modriger Geruch kam uns entgegen. Alle drei schalteten wir die Taschenlampen unserer Mobiltelefone ein. Als ich die Tür hinter uns zuzog, war es auf einmal seltsam still. Die Schreie der Vögel und die Rufe der Geisterjäger und Schatzsucher drangen nur gedämpft zu uns herein. Im kalten Taschenlampenlicht sahen wir hölzerne Möbel und einige verlassene Gegenstände. Auf dem kleinen Holzofen stand sogar noch ein Teekessel. An einer Wand gab es ein Doppelstockbett. Im unteren Bett lag eine Decke und ...

»Liegt da jemand drunter?«, keuchte Wiebke.

Wir schwiegen und horchten.

Außer dem Kreischen der Vögel war nichts zu hören.

Ich fasste mir ein Herz, ging zu dem Bett hin und riss die Decke weg.

Eine grüne Frau lächelte uns böse an.

»Die Figur der Grünen Johanna!«, rief Trix. »Hier wurde sie also versteckt. Vielleicht haben wir das Nest der Täter entdeckt. Wir sollten alles sofort gründlich untersuchen.«

Ich nickte und deckte die Grüne Johanna wieder zu. Irgendwie war es mir lieber so.

In der Mitte des Raumes führte eine hölzerne Leiter nach

oben. »Da geht es vermutlich auf den Dachboden«, flüsterte ich. »Wollt ihr euch hier unten umschauen, und ich steige hoch?«

Wiebke und Trix nickten.

»Pass auf, nicht dass die Leiter zusammenkracht«, warnte Wiebke mich.

Vorsichtig setzte ich einen Fuß auf die erste Stufe. Sie hielt. Dann stieg ich langsam nach oben. Das Holz quietschte. Ich konnte nur hoffen, dass es mich tatsächlich tragen würde.

Bevor ich oben den Kopf durch die Luke steckte, spitzte ich noch einmal die Ohren. Ich wollte nicht riskieren, unserem Gegner direkt in die Arme zu laufen. Doch nichts war zu hören. Also wagte ich es, stieg die letzte Stufe hoch und schob mich durch die Luke.

Oben war niemand.

Ich leuchtete den Boden ab. Er war von einer dicken Schicht aus Sand, Staub und Schmutz bedeckt. In dieser Schicht erkannte ich Spuren. Es sah aus, als wäre vor Kurzem jemand hier gewesen. Ich leuchtete weiter – und entdeckte etwas: einen grünen Haufen!

Für einen Moment war ich wie erstarrt. Dann griff ich mir das Zeug.

Es war eine grüne Perücke.

»Ich hab was«, rief ich nach unten.

Wiebke nieste, als sie die Leiter heraufgestiegen kam. »Hier liegen ja mindestens drei Zentner Staub.«

Trix kam hinter ihr hoch. »Und was hast du gefunden, Harald?«

»Die Frisur der Grünen Johanna.« Ich hielt den beiden die grüne Leucht-Perücke hin. »Und eine Tube grüne Leuchtschminke. Und …«, ich machte eine spannungsgeladene Pause, »… das hier.«

»Eine Mütze?«, fragte Trix.

Ich nickte. »Eine Mütze mit dem Logo der Gaswerke drauf. Ich würde sagen, wir haben das Versteck des vermeintlichen Geistes gefunden.«

Zusammen durchsuchten wir den Dachboden weiter.

Ich stieß nur auf eine Menge Spinnen.

Wiebke hingegen rief: »Schaut mal hier!« Sie leuchtete mit ihrem Telefon eine Wand an. »Das sind alles Fotos von meiner Mutter, Klara und Aurora und dem Regenmantel-Mann als Kinder.«

Tatsächlich: In Wiebkes Taschenlampenlicht war ein großer Bilderrahmen zu sehen. Hinter das Glas waren mindestens zehn Fotos geklebt worden. Es war eine richtige Collage. Außer Frau Jansen, Klara, Aurora und dem Jungen war auf einigen auch das blonde Mädchen von dem Polonaise-Foto mit darauf. Zwischen den Fotos prangte ein aus grünem Papier ausgeschnittener Schriftzug: *Die Bande der Grünen Johanna.*

»Ich glaube, wir haben das Hauptquartier der Bande der

Grünen Johanna gefunden«, sagte ich. »Fragt sich nur, was es mit dieser Bande auf sich hat.«

»Das erklären wir euch gerne«, ertönte eine nasale Stimme.

Erschrocken drehten wir uns um.

Und blickten in Klara Schwartz' lächelndes Gesicht.

🥨 Kapitel 19

In dem die Bande der Grünen Johanna auspackt, die Küste Ruckelnsens grün erstrahlt und Frau Aus dem Moore uns eine Portion Socken serviert.

Ich warf Wiebke und Trix einen verdatterten Blick zu: Wie hatten wir überhören können, dass Klara in die Hütte gekommen war?

»Habt ihr Angst?«, fragte Klara. »Das braucht ihr nicht. Wir sind ganz harmlos. Auch wenn wir Mitglieder einer Bande sind.«

»Wen meinen Sie denn mit *wir*?«, hakte ich nach.

»Mich«, kam eine Stimme von unten.

»Mama!«, rief Wiebke.

»Und mich«, war eine männliche Stimme zu hören, die ich nicht gleich zuordnen konnte.

»Das ist Malte Schwabbesiefken«, erklärte Klara. »Neben Aurora, Jeske und mir das vierte Mitglied der Bande der Grünen Johanna.«

Ich nickte Trix und Wiebke zu. Malte Schwabbesiefken: *M. S.* Der Besitzer des Pillendöschens.

»Was ist, traut ihr euch runter zu uns oder nicht?« Klara warf uns einen spöttischen Blick zu und stieg die Leiter hinab.

Wir folgten ihr.

Unten warteten Frau Jansen und der Regenmantel-Mann.

Sie saßen an dem hölzernen Tisch, auf dem eine Lampe stand, die ein weiches, milchiges Licht abgab. Fast hätte die Szene gemütlich gewirkt.

»Wir hatten also recht.« Wiebke legte das Polonaise-Foto auf den Tisch. »Sie sind der Junge auf dem Foto.«

Der Regenmantel-Mann lachte verlegen. »Sieht ganz so aus.«

Klara lächelte. »Ihr seid doch nicht so schlechte Detektive, wie ich dachte.«

»Wo ist denn Aurora?«, fragte Wiebke.

»Aurora hat eine Beruhigungstablette genommen und versucht zu schlafen«, antwortete Klara. »Ihre Nerven liegen blank So, und nun setzt euch.«

»Wir sollen uns zu Ihnen setzen?«, entgegnete Trix. »Nein, danke. Zu Leuten, die falsche Geister auf dem Deich erscheinen lassen, um ihr Buch zurückzubekommen, setzen wir uns nicht. Die Mühe hätten Sie sich übrigens sparen können, denn das Buch haben wir. Und wir fallen auf so etwas nicht herein.«

»Ihr?«, fragte Klara. »Interessant. Aber das mit dem Geist

waren wir nicht – wir wollten einfach nur schauen, wer hier zur Übergabe auftaucht.«

»Wir haben wirklich nichts damit zu tun«, beteuerte Malte.

Trix schüttelte den Kopf. »Leugnen nutzt nichts, wir haben auf der Rauchbombe Fingerabdrücke gesichert. Es sind die gleichen wie auf dem Pillendöschen, das wir auf dem Deich gefunden haben. Und das gehört Ihnen, stimmt's?«

»Dann ist es wirklich meine Rauch-Kartusche«, stöhnte Malte. »Ich habe es befürchtet. Und ihr habe mein Pillendöschen?«

Frau Jansen sah ihn entsetzt an. »Malte, was hat das denn zu bedeuten? *Deine* Rauch-Kartusche?«

Malte nickte. »Also, Klara … Klara, darf ich das erzählen? Ich glaube, wir müssen das aufklären.«

Klara winkte ab. »Tu, was du nicht lassen kannst.«

Malte nickte. »Ja, also, Klara hatte mich gebeten, bei Auroras Lesung den Geist der Grünen Johanna zu spielen. Mit einer grünen Leuchtperücke und grüner Leuchtfarbe im Gesicht und an den Händen.«

»Aha.« Trix warf mir einen triumphierenden Blick zu.

»Es sollte nur ein harmloser Werbegag sein«, beteuerte Klara. »Damit es schön dunkel ist, habe ich während der Lesung einen kleinen Kurzschluss ausgelöst …«

»… mit der kaputten Leselampe«, schob Wiebke ein.

Klara warf ihr einen anerkennenden Blick zu. »Genau. Und

dann hat Malte auf dem Deich seine Johanna-Show abgezogen.«

Malte nickte. »Eigentlich fand ich das mit der grünen Perücke und der Schminke zu altbacken. Ich hatte eine andere Idee: ein Geistergesicht mit einem Mini-Beamer auf grünen Rauch projizieren. Das sieht viel echter aus. Deshalb habe ich den Mini-Beamer und die Rauchbombe besorgt. Aber gestern Abend war es sehr windig, der grüne Nebel wäre sofort verweht worden. Deshalb musste ich auf Klaras ursprüngliche Idee zurückgreifen und mich grün verkleiden. Den Mini-Beamer und die Rauch-Kartusche hatte ich hier auf dem Dachboden deponiert. Ich schaue mal eben nach …«

Er stand auf, stieg die Leiter hoch und kam einen Moment später wieder herunter. »Wie ich es mir dachte. Die Sachen sind weg. Jemand hat sie gestohlen.«

»Und das sollen wir Ihnen glauben?«, fragte Trix.

»Ja, das solltet ihr«, sagte Frau Jansen. »Malte macht zwar viel Unsinn, aber er lügt nicht. Da bin ich mir ganz sicher.«

»Mama.« Wiebke legte ihrer Mutter die Hand auf die Schulter. »Ihr müsst uns jetzt endlich die ganze Wahrheit sagen. Was hat es mit der Bande der Grünen Johanna auf sich? Und warum hast du mir nie davon erzählt?«

»Weil ich nicht gerade stolz drauf bin«, sagte Frau Jansen leise.

Klara schnaufte. »Dafür gibt es keinen Grund, Jeske. Auf

die Bande der Grünen Johanna sollten wir stolz sein.« Sie sah
Malte und Frau Jansen an. »Seid ihr damit einverstanden, dass
ich die Kinder einweihe?«

Frau Jansen und der Regenmantel-Mann nickten.

Klara lächelte zufrieden. »Sehr schön. Also: Setzt euch nun
bitte.«

Zögernd setzten wir uns.

Klara Schwartz holte ihre E-Zigarette heraus, nahm einen
tiefen Zug und begann zu sprechen. »Ihr wollt wissen, was es
mit der Bande der Grünen Johanna auf sich hat, ja? Dafür muss
ich etwas weiter ausholen. Aurora und ich waren damals acht
Jahre alt. Wir waren gerade mit unseren Eltern hier auf die
Schiete-Insel gezogen. Na ja, so wird sie im Ort genannt. Offi-
ziell hat das Eiland gar keinen Namen, nur eine Nummer. Unsere Eltern arbeiteten als Biologen und sollten die Vögel zählen.
Wir haben in diesem Blockhaus gewohnt, das der Vogelschutz-
bund für uns aufgebaut hatte. Wie ihr seht, war es sehr gemütlich, mit einem kleinen Ofen und einem Doppelstockbett für
Aurora und mich. Alles hätte sehr idyllisch sein können. Wenn
Aurora und ich nicht in Ruckelnsen in die Schule gemusst
hätten.«

Frau Jansen seufzte.

Klara fuhr fort: »Die anderen Kinder kamen einfach nicht
darüber hinweg, dass wir auf der sogenannten Schiete-Insel wohnten. Das fanden sie unglaublich komisch. Tja, und

dann fing einer damit an, zu behaupten, wir würden nach Vogelscheiße riechen. Und die anderen machten mit. Wenn wir am Morgen in die Klasse kamen, hatten alle bunte Wäscheklammern auf der Nase. Auf dem Schulhof das Gleiche. Und einmal haben sie uns gejagt, an einen Baum gefesselt und mit Vogelscheiße beschmiert, von oben bis unten. Die hatten sie vorher extra irgendwo abgekratzt. Nur Jeske Jansen war auf unserer Seite. Und Malte.« Sie lächelte den Regenmantel-Mann an. »Wegen dem Feuermal auf seinem Kinn haben die anderen Kinder behauptet, Malte hätte Würmer unter der Haut, die ihn von innen auffressen. Und dass man ihm bloß nicht zu nahe kommen dürfe, denn das wäre ansteckend. Und da er ziemlich übergewichtig war und Schwabbesiefken mit Nachnamen heißt, haben sie ihn *Schwabbel-Siefken* genannt.«

Malte zuckte zusammen.

»Und mich haben sie *Streichholz* gerufen, wegen meiner roten Haare und weil ich so lang, dünn und blass war«, ergänzte Frau Jansen.

»Streichholz? Nur weil du rote Haare hast?« Wiebke schüttelte den Kopf. »Versteh ich nicht.«

Klara winkte ab. »Die haben einfach irgendwas gesucht, womit sie Jeske aufziehen können. Weil sie nicht bei den Sticheleien gegen Aurora, Malte und mich mitgemacht hat. Dein Vater und deine Mutter übrigens ebenfalls nicht, Harald. Aber die beiden waren ja auch drei Klassen über uns, für die war das alles Kinderkram«

Ich zuckte zusammen. Dieses Thema vermeide ich lieber. Meine Eltern sind bei einem Segelunfall ums Leben gekommen, als ich zwei Jahre alt war, und ich habe keinerlei Erinnerung an sie. »Ähm … und wegen der Hänseleien haben Sie also zusammen die Bande der Grünen Johanna gegründet, ja?«, lenkte ich ab.

»Genau«, sagten Klara, Malte und Frau Jansen fast gleichzeitig.

»Und was hat die Bande gemacht?«, hakte Trix nach.

Klara lachte leise. »Während des Sportunterrichts sind wir in die Umkleidekabine geschlichen und haben grüne Schnürsenkel in alle Schuhe gezogen. Außerdem haben wir den gemeinsten Kindern auf dem Schulhof eine grüne Totenkopf-Fahne aus Papier auf den Rücken geklebt, ohne dass sie etwas gemerkt haben. Da haben wir draufgeschrieben: *Die Grüne Johanna holt dich mit ihrer Geistergaleere!* Und Silke und Maik haben wir grünen Schleim auf ihre Stühle geschmiert.«

»Herrn und Frau Schuhpisser, echt?« Wiebke sah ihre Mutter fassungslos an.

Frau Jansen konnte ein Lächeln nicht unterdrücken. »Ja, genau. Aber damals waren Sie natürlich noch nicht Herr und Frau Schuhpisser. Sie haben sich jedenfalls beide direkt reingesetzt. Silke und Maik waren nämlich oft besonders fies zu uns.«

»Kein Wunder, dass sie später geheiratet haben«, stellte Malte fest. »Sie passen wirklich gut zusammen.«

»Aber warum haben Sie sich ausgerechnet *Bande der Grünen Johanna* genannt?«, fragte ich.

»Auf die Idee sind Aurora und ich gekommen«, sagte Klara. »Wir mussten in der Schule ein Referat über Likkedeeler halten. Das war im Heimatkundeunterricht. Da ja am Ruckelnser Schulzenhaus die Figur der Grünen Johanna hängt, wollten wir uns auf diese Piratin konzentrieren. Über sie gab es in den Büchern über die Seeräuber der Nordsee aber keinerlei Informationen. Deshalb sind wir ins Archiv des Ruckelnser Rathauses gegangen. Dort fanden wir einige alte Unterlagen aus der Zeit um 1900. Damals wurde Ruckelnsen zum Badeort und brauchte eine Touristenattraktion. Man wählte die Grüne Johanna. Also wurde die Figur der Grünen Johanna geschaffen und an das Schulzenhaus gehängt. Und die Singenden Steine wurden hergestellt und über Ruckelnsen verteilt. Man hat eine Broschüre mit einer Karte gedruckt, auf der mit grünen Kreuzen alle Steine eingezeichnet sind. Damit die Urlauber bei einem Spaziergang die Steine entdecken und die Strophen des alten Liedes lesen können. Diese Broschüre haben Aurora und ich im Archiv gefunden. Wir waren völlig aus dem Häuschen darüber, denn allgemein bekannt waren ja nur noch fünf Strophen. Wir haben die Broschüre mitgehen lassen und in unserem Referat kein Wort darüber verloren, sondern nur Jeske und

Malte eingeweiht. Zusammen haben wir mithilfe der Karte alle zwölf Steine gefunden. So haben wir die wahre Geschichte der Grünen Johanna erfahren.«

Malte erzählte weiter. »Als uns klar wurde, dass Johanna in Ruckelnsen als Hexe verleumdet worden war und deshalb mit den Piraten fliehen musste, sind wir auf die Idee gekommen, die Bande der Grünen Johanna zu gründen. Eine Bande, die all diejenigen rächt, die ausgegrenzt und gehänselt werden. Wir hatten große Pläne. Wir wollten das Leitungswasser in Ruckelnsen grün färben, weil im Lied der Grünen Johanna grünes Wasser vorkam. Und die Schafe mit grünen Totenköpfen bemalen und eine Totenkopf-Fahne auf dem Schiete-Turm hissen. Weil auch das im Lied eine Rolle spielt. Aber für solche Aktionen fehlten uns als Kinder natürlich die Mittel.«

Ich wandte mich an Frau Jansen. »Also deshalb haben Sie Aurora und Klara verdächtigt, hinter dem grünen Wasser und den Totenköpfen auf den Schafen zu stecken. Weil das die alten Pläne der Bande der Grünen Johanna waren.«

Frau Jansen nickte.

»Und die haben Sie jetzt zusammen mit ihrem Komplizen Malte Schwabbesiefken in die Tat umgesetzt«, sagte Trix in einem anklagenden Tonfall zu Klara.

Klara lächelte. »Nein.«

Trix winkte ab. »Mir war klar, dass Sie lügen würden.«

»Ich lüge nicht.« Klara klang richtig empört.

Malte räusperte sich. »Ähm … Klara lügt wirklich nicht. Ich habe das mit dem Wasser und den Schafen ganz alleine durchgezogen. Ich … ich wollte mich endlich mal richtig an den Ruckelnsern rächen. Und ihre Ruhe stören.«

»Du warst das, Malte?« Frau Jansen sah ihn empört an. »Meine Schafe!«

Klara stöhnte. »Du solltest doch nur den Geist spielen, Malte! Du musst doch nicht immer so übertreiben und gleich auch noch das Leitungswasser grün färben …«

»… und«, ergänzte Wiebke, »unsere Schafe mit Totenköpfen besprühen, die Fahne auf der Schiete-Insel hissen, falsche Indizien streuen und dann Mieke Harms erzählen, wir würden die Schuhpissers, Frau Jansen und Käpt'n Flock verdächtigen, damit sie einen Artikel darüber schreibt, alle davon erfahren und es jede Menge Ärger gibt. Ja, Sie haben recht, Klara. Das ist tatsächlich etwas … übertrieben.«

»Ähm, ja.« Malte blinzelte so schnell mit den Augenlidern, dass ich mich fragte, ob er überhaupt noch etwa sehen konnte. »Ich … ich wollte mich einfach mal bei den Ruckelnsern revanchieren, für alles, was sie uns damals angetan haben. Es war nicht böse gemeint, wirklich nicht. Ich hätte das später noch aufgeklärt.«

»Aber warum unsere Schafe?«, fragte Wiebke. »Meine Mutter war doch ein Mitglied der Bande.«

Malte Schwabbesiefken schwieg.

»Weil Malte schon immer in Jeske verknallt war«, sagte Klara. »Doch sie wollte nichts von ihm. Deshalb ist er dann auch aus der Bande ausgestiegen.«

Frau Jansen wurde unter ihren Sommersprossen rot.

»Es … es tut mir so leid, Jeske«, stotterte Malte.

Frau Jansen presste die Lippen aufeinander.

»Noch etwas wüsste ich gerne«, schob ich ein. »Wer ist eigentlich das blonde Mädchen auf dem Foto mit der Polonaise? Sie trägt auch einen grünen Totenkopf auf dem Oberarm.«

Klara nickte. »Ja, die Totenköpfe haben wir uns damals für das Sommerfest mit grünem Filzstift aufgemalt. Das ist Anna Mathiesen. Sie war manchmal bei der Bande dabei.«

»Irgendwann kam sie auf den Gedanken, wir vier hätten das Versteck des Schatzes gefunden und würden es ihr nicht verraten«, erzählte Malte. »Das wurde richtig zur fixen Idee.«

»Wir mussten sie leider aus der Bande rausschmeißen«, ergänzte Klara. »Kurz darauf ist sie dann sowieso mit ihren Eltern nach Humbug gezogen.«

In der nun eintretenden Stille hörte man das morsche Holz der Hütte im Wind knarzen.

»Wie spät ist es eigentlich?«, fragte Frau Jansen plötzlich.

Wiebke sah auf die Uhr. »Schon halb neun! Wir müssen unbedingt los, sonst schaffen wir es vor der Flut nicht mehr zurück zum Festland.«

Wir sprangen auf.

Als wir aus der Hütte traten, war es dunkel. Wir schalteten die Taschenlampen unserer Mobiltelefone ein, und Klara leuchtete mit ihrer Lampe. Zu sechst bahnten wir uns im Gänsemarsch einen Weg durch das dornige Gestrüpp. Alle Geisterjäger und Schatzsucher waren inzwischen nach Hause gegangen. Obwohl die Insel nicht weit vom Festland entfernt war, hatte sie ihre ganz eigenen Abendgeräusche. Die Vögel kreischten, das Gehölz knackte, und der Wind strich mir um den Hut. Es war empfindlich kalt.

»Die Osterfeuer!«, rief Frau Jansen, als wir aus dem Gebüsch an das Ufer der Schiete-Insel traten.

Tatsächlich: Die großen Feuer am gegenüberliegenden Ruckelnser Strand waren gut zu erkennen. Mir lief ein kalter Schauer über den Rücken. Normalerweise leuchteten die Feuer in den verschiedensten Farben. Heute züngelten sie alle grün!

»Ach«, keuchte Klara, »die wollen den Urlaubern wohl einen schönen Grusel verpassen, was? Großartig!«

Keiner lachte.

»Oder sie wollen die Grüne Johanna besänftigen«, murmelte Wiebke. »Sie will uns schließlich alle um Mitternacht mit ihrer Geistergaleere holen, oder? Immerhin hat sie ihr Buch nicht bekommen.«

Frau Jansen räusperte sich. »Rede doch nicht so einen Quatsch, Wiebke. Wir sollten uns über die Feuer freuen. Sie weisen uns den Weg zum Festland. In der Dunkelheit könnten wir uns sonst leicht im Watt verlaufen. Kommt jetzt.« Sie bückte sich, zog die Gummistiefel aus, krempelte ihre Hose bis zu den Knien hoch und ging mit energischen Schritten los. Der Schlick schmatzte unter ihren Füßen wie ein Schlammmonster mit gesundem Appetit.

Frau Jansen drehte sich zu uns um. »Na los, die Flut wartet nicht! In kurzer Zeit wird das Wasser so hoch gestiegen sein, dass wir es nicht mehr ans Festland schaffen.«

Wir legten unsere Schuhe ab und krempelten unsere Hosen hoch. Trix wollte auch die Socken ausziehen, doch Wiebke hielt sie davon ab. »Mit den Socken fühlt sich der Schlick nicht ganz so eisig an.«

Der Weg war beschwerlich. Nicht nur, dass es kalt war, wir mussten auch immer wieder durch knietiefe Wasserlöcher waten.

»Diese blöden Priele«, schimpfte Wiebke.

Ich klapperte nur mit den Zähnen.

Die stetig größer werdenden grünen Feuer waren beruhigend und beängstigend zugleich. Einerseits zeigten sie, dass wir uns dem Ufer näherten. Andererseits schienen sie unheilvoll die Ankunft der Geistergaleere anzukündigen.

Unsinn, Harald, sagte ich mir. Geistergaleeren gibt es genauso wenig wie die dazugehörigen Geister. *Ein Detektiv gibt sich niemals mit übersinnlichen Erklärungen zufrieden.* Doch irgendwie klang meine Detektiv-Regel bei Tageslicht sehr viel überzeugender als in dieser Dunkelheit, die von unseren flackernden Taschenlampen und den grün züngelnden Flammen am Ufer gespenstisch erhellt wurde. Um mich abzulenken, dachte ich nach. Wer hinter der Geistererscheinung bei Auroras Lesung steckte, wussten wir nun: Klara und Malte. Aber wer hatte heute Nachmittag den Geist auf dem Deich auftauchen lassen? Warum wollte er das Buch haben? Und weshalb war er nicht zur Übergabe erschienen?

»Wie weit ist es denn noch?«, fragte Malte.

»Reiß dich zusammen«, näselte Klara, »wir sind gleich da.«

Sie hatte recht. Das Watt unter unseren Füßen wurde fester, bis wir schließlich am Ufer des Festlandes ankamen.

Wir atmeten auf.

Der Strand war voller Urlauber. Doch es schien nicht die gleiche ausgelassene Stimmung zu herrschen wie sonst. Zwar hatten viele Leute Becher mit warmen Getränken in den Händen und unterhielten sich, doch andere fuchtelten mit langen Antennen herum.

»Geisterjäger«, stellte Trix fest. »Die warten auf die Geistergaleere.«

»Das werden *wir* nicht tun«, bestimmte Frau Jansen. »Mit den nassen Füßen und Strümpfen müssen wir schnellstens nach Hause. Wir werden uns sonst eine furchtbare Erkältung holen.«

»Am besten kommt ihr erst mal alle mit in unsere Pension«,

schlug Klara vor. »Die ist viel näher dran. Da könnt ihr euch aufwärmen.«

Damit waren wir einverstanden.

Eine Viertelstunde später lagen unsere nassen Socken im Gastraum der Pension *Aus dem Moore* auf der Heizung, und Klara Schwartz, Frau Jansen, Wiebke, Trix und ich saßen bei heißem Tee um einen Tisch. Malte hatte sich gleich auf sein Zimmer verzogen.

Mit warmem Tee im Bauch erschienen mir die grünen Feuer am Strand längst nicht mehr so Unheil verkündend wie noch kurz zuvor.

»Da haben wohl dieses Jahr alle Ruckelnser grünes Pulver in ihre Osterfeuer gekippt«, stellte ich fest. »Zu Ehren der Grünen Johanna.«

Frau Jansen nickte. »Großartig!«

Und jetzt konnten wir alle darüber lachen.

Frau Aus dem Moore kam an unseren Tisch. »So, meine Lieben, das habt ihr zwar nicht bestellt, aber ich glaube, ihr habt es bitter nötig, nä?«

Sie legte fünf Paar trockene, warme, weiche, bunt geringelte Wollsocken auf den Tisch.

»Danke, Frau Aus dem Moore!« Wiebke griff direkt zu.

Auch wir anderen bedienten uns. Nur Klara betrachtete ihr Paar skeptisch. »Wolle kratzt. Ich hole mir lieber eines meiner eigenen Paare aus unserem Zimmer. Dann kann ich auch gleich nach Aurora sehen.« Sie stand auf.

Wir anderen tranken gemütlich schweigend unseren Tee.

Doch plötzlich war ein Knall zu hören, gefolgt von einem markerschütternden Schrei: »Au-ro-ra-leiiiiiin!«

»Das war Klara!«, rief Frau Jansen.

Wir stürmten los.

❧ Kapitel 20

In dem wir die linke Augenhöhle eines Totenkopfes entdecken, auf Schatzsuche gehen und einen entscheidenden Fehler machen.

Auf dem Flur trafen wir Malte. »Habt ihr auch den Schrei gehört?«

Wir nickten.

Die Tür zu Klaras und Auroras Zimmer war weit geöffnet.

Drinnen stand Klara – inmitten von Chaos. Kleidung lag herum, Stühle waren umgestoßen, auch das Fenster war offen. Der Vorhang wurde vom Wind in den Raum hineingeweht.

Aurora war verschwunden.

Das Fenster schlug auf und zu. Ich kombinierte: Das war der Knall gewesen, den wir gehört hatten.

Klara schluchzte. »Aurora! Wo ist sie?« Sie hob ein braunes Notizbuch vom Boden auf. »Ihr Notizbuch ist noch da, ohne das geht sie nie raus.«

»Ich suche nach ihr.« Trix kletterte aus dem Fenster und rannte los.

»Die umgeworfenen Stühle weisen darauf hin, dass hier ein Kampf stattgefunden hat«, stellte ich fest.

»Auf dem Bett liegt ein Zettel.« Wiebke hob ihn auf. »Da hat jemand was draufgekritzelt! Bringt den Schatz um Mitternacht zum Schiete-Turm auf der Schiete-Insel«, las sie vor. »Keine Polizei, oder Aurora geht es schlecht.«

Klara keuchte. Sie umklammerte Auroras Notizbuch, als wäre es Aurora selbst.

Frau Jansen legte ihr sanft eine Hand auf die Schulter.

»Was machen wir jetzt?«, fragte Wiebke. »Wir haben den Schatz ja gar nicht, und die verschollenen Strophen geben doch keinerlei Hinweis auf ihn. Jedenfalls keinen, den wir verstehen. Außerdem wissen wir noch nicht mal, ob der Schatz wirklich existiert oder ob er nur eine Legende ist.«

Klara weinte. »Das ist alles meine Schuld, hätte ich doch bloß nie behauptet, dass in Auroras Buch das Versteck des Schatzes verraten wird!«

Ich dachte nach. »Was ich nicht verstehe: Warum ist der Täter nicht zur Buchübergabe aufgetaucht und fordert jetzt gleich den Schatz? Das macht doch einfach keinen Sinn.«

Mein Blick fiel auf etwas in dem Chaos am Boden. Ich hob es auf. Es handelte sich um eine alte Broschüre. *Entdecken Sie Ruckelnsens Singende Steine*, stand darauf.

»Ach, das ist ja die Broschüre, die Aurora und Klara damals im Archiv entdeckt haben«, sagte Frau Jansen.

»Hätten wir sie doch nie gefunden, hätten wir die Bande doch nie gegründet, hätten wir ...« Klara ließ sich schluchzend auf das Bett fallen.

Trix kam zurück durchs Fenster gestiegen. »Aurora ist wie vom Erdboden verschwunden.«

Wortlos reichte ich ihr den Zettel des Entführers.

»Oh nein«, entfuhr es Trix.

»Wir sollten die Polizei rufen«, sagte Frau Jansen.

»Auf keinen Fall!«, schrie Klara. »Keine Polizei! Sonst geschieht Aurora noch was!«

Ich schaute nachdenklich auf die alte Broschüre. »Sie haben damals den verschollenen Strophen ja keinen Hinweis auf den Schatz entnehmen können, oder?«, fragte ich Frau Jansen.

Frau Jansen streichelte die weinende Klara. »Nein, haben wir nicht. Wir haben damals doch überhaupt nicht geglaubt, dass es den Schatz wirklich gibt.«

Ich schaute schweigend auf die Broschüre. Und plötzlich formte sich ein grünes Ding vor meinen Augen, ein ... »Ein

Totenkopf!« Aufgeregt fuhr ich mit dem Finger die Kreuze auf der Karte ab. »Seht ihr das? Die Steine bilden zusammen einen Totenkopf. Die hier außen sind in einem ovalen Kreis angeordnet – die Umrisse des Schädels. Das ist nicht ganz leicht zu erkennen, weil die Steine so weit auseinanderliegen. Aber wenn man sie mit einer Linie verbinden würde, käme ein Schädel heraus.«

»Stimmt!« Wiebke zeigte auf die Karte. »Die hier unten, die in einer leicht nach oben gebogenen Linie zueinanderstehen – die ergeben einen grinsenden Mund. Der Stein in der Mitte ist da, wo beim Menschen die Nase sitzt. Und der oben rechts steht für eine Augenhöhle. Es fehlt nur …«

»… die zweite Augenhöhle!«, ergänzte Trix aufgeregt. Sie nahm das Papier und hielt es gegen das Licht. »Da ist ein Kreuz, ganz blass, seht ihr es?«

Tatsächlich. Gegen das Licht war dort, blass und kaum sichtbar, ein Kreuz zu erahnen. »Das heißt, es gibt dreizehn Singende Steine und somit auch dreizehn Strophen – nicht nur zwölf, wie bisher alle dachten!«

»Und womöglich steht genau auf diesem dreizehnten Stein der alles entscheidende Hinweis auf den Schatz!«, rief Trix.

Wiebke sprang auf. »Wir müssen sofort los und an der Stelle nachsehen, wo das Auge hingehört. Vielleicht finden wir den Stein und können Aurora um Mitternacht mit dem Schatz auslösen!«

Wir wollten direkt losstürmen, doch Frau Jansen stoppte uns.

»Halt! Da draußen ist ein Entführer unterwegs. Das ist viel zu gefährlich.«

»Aber wir müssen doch jede Chance nutzen, Aurora zu befreien, Mama.« Wiebke sah ihre Mutter bittend an.

Frau Jansen wandte sich an Malte. »Können wir deinen Wagen nehmen, Malte? Dann fahre ich die Kinder rasch. Und du bleibst bei Klara.«

Er nickte. »Hier ist der Schlüssel. Es ist der weiße Transporter, der hinter dem Haus steht.«

Auf dem weißen Kastenwagen, der hinter der Pension parkte, leuchtete im Licht der Straßenlaterne das Logo der Gaswerke. Frau Jansen schüttelte den Kopf. »Diesmal hat Malte es wirklich übertrieben. Streiche sind ja schön und gut, aber das ist kriminell.«

Das sah ich genauso. »Denken Sie, er könnte auch etwas mit Auroras Verschwinden zu tun haben?«

Frau Jansen schloss den Wagen auf. »Nein, das glaube ich nicht. So was würde ich Malte trotz allem nicht zutrauen.«

Wir stiegen ein und fuhren los.

Wiebke gab ihrer Mutter mithilfe der Karte aus der Broschüre Anweisungen.

Schließlich erreichten wir den Ort, der auf der Karte die

linke Augenhöhle des Totenkopfes bildete. Er befand sich im Ruckelnser Kurpark.

»Seltsam, hier waren wir doch schon hundert Mal«, stellte ich fest. »Hier ist kein Stein.«

Wiebke nickte.

Frau Jansen parkte den Wagen, und wir stiegen alle aus. Im Taschenlampenlicht suchten wir das Gelände ab.

Die Zeit verging, doch wir fanden: nichts, nichts und noch mal nichts.

Trix seufzte. »Das hat keinen Zweck. Vielleicht sollten wir es aufgeben und doch lieber die Polizei einschalten.«

Frau Jansen stimmte ihr zu: »Das halte ich auch für das Vernünftigste.«

Zähneknirschend willigte ich ein. *Ein guter Detektiv erkennt, wann er mit seinem Latein am Ende ist.* Das ist meine Detektiv-Regel Nummer 29.

Als wir wieder losfahren wollten, erleuchtete der Scheinwerfer des Autos das Toilettenhäuschen des Parks. Es war ein kleiner Backsteinbau.

»Wartet mal!«, rief ich. »Da waren wir noch nicht.«

»Musst du jetzt etwa?«, nörgelte Trix.

Ich ignorierte sie. »Wann wurde der Park angelegt?«

»Ich glaube, in den 1950er-Jahren«, sagte Frau Jansen. »Warum?«

Statt zu antworten, sprang ich aus dem Wagen und lief zum

Toilettenhäuschen. Doch ich ging nicht hinein, sondern drehte eine Runde drum herum.

Wiebke, Trix und Frau Jansen gesellten sich zu mir.

Ich leuchtete das Fundament des Häuschens an – Stein für Stein.

»Meinst du, der Singende Stein wurde hier eingebaut?«, fragte Wiebke.

Ich nickte.

Und dann sah ich es: Ein Stein war etwas größer als die anderen. Ich kniete mich hin und fuhr mit der Hand über die Oberfläche. Da war etwas eingemeißelt!

»Ich habe ihn!«, rief ich.

Die anderen knieten sich zu mir.

»Tatsächlich«, keuchte Wiebke.

Trix holte ein Taschentuch heraus und wischte den Stein ab. Nach und nach entzifferten wir mit viel Mühe die Inschrift. Feierlich las Wiebke uns die dreizehnte Strophe vor.

»So nahm der Ewald seinen Schatz
Nach Hause in sein Heim
Und schloss die Maid mit goldnem Haar
In Licht und Asche ein
Johanna wohnt in Ruß und Rauch
Und wartet auf den Mann
Der Gnitterslag mit Namen heißt

Der seine Klugheit ihr beweist
Und sie befreien kann
Und das war Grien Johanna.«

»Ähm«, sagte Trix. »Versteht ihr das? Das Wort *Schatz* kommt vor, schön und gut – aber in der Bedeutung von *Liebling*, als Kosename. Und ansonsten handelt die Strophe davon, wie dieser Ewald Gnitterslag die Grüne Johanna in den Ofen geschoben und verbrannt hat, oder? Wahrscheinlich hat er doch geglaubt, dass sie eine Hexe ist.«

»Das ist ja schrecklich«, murmelte Frau Jansen.

»Oder aber«, überlegte Wiebke, »es handelt sich um ein Rätsel. Vielleicht nennt die Strophe verklausuliert das Versteck des Schatzes.«

Ich sah auf die Uhr. »Es ist schon elf! Wir haben keine Zeit mehr, das Rätsel dieser Strophe zu lösen, den Schatz zu finden, ihn zur Schiete-Insel zu bringen und Aurora zu retten.«

»Und wenn wir wenigstens die dreizehnte Strophe auf die Insel bringen?«, schlug Trix vor. »Vielleicht gibt der Entführer sich damit zufrieden und tauscht Aurora aus.«

Wiebke nickte. »Ich schreib die Strophe rasch auf die Zettel zu den anderen.« Sie wühlte in ihrer Tasche. »Oh nein, meine Aufzeichnungen … Sie sind weg … Ich muss die Zettel heute irgendwo verloren haben!«

»Deshalb also fordert der Täter nicht mehr das Buch«,

schloss Trix. »Er muss die Blätter mit den Strophen gefunden haben und konnte ihnen genau wie wir keinen Hinweis auf den Schatz entnehmen. Wahrscheinlich denkt er, dass Klara und Aurora sich besser auskennen und aus den Strophen ableiten

»So nahm der Ewald seinen Schatz
Nach Hause in sein Heim
Und schloss die Maid mit goldnem Haar
In Licht und Asche ein
Johanna wohnt in Ruß und Rauch
Und wartet auf den Mann
Der Gnitterslag mit Namen heißt
Der seine Klugheit ihr beweist
Und sie befreien kann
Und das war Grien Johanna.«

können, wo der Schatz liegt. Deshalb will er jetzt nicht mehr das Buch, sondern gleich den Schatz selbst.«

»Wie konnte mir das nur passieren?«, stöhnte Wiebke.

»Das können wir jetzt nicht mehr ändern.« Ich zückte meinen Notizblock. »Ich notiere die Strophe.«

Sobald ich fertig geschrieben hatte, sprangen wir in den Wagen. Frau Jansen raste los zum Strand, stellte den Wagen auf dem Parkplatz ab, und wir rannten zusammen hoch zum Deich.

Dort brannten immer noch die grünen Osterfeuer. Und …

»Oh nein, es ist ja jetzt Flut!«, rief Wiebke. »Wir kommen gar nicht zur Schiete-Insel rüber.«

Ich stöhnte. Langsam hatte ich genug von all den Katastrophen.

»Kommt da der Geländewagen von Remmer Klaus?« Trix zeigte zum Strandparkplatz, auf den gerade ein rotes Auto einbog. »Und er hat das Kajak auf dem Dach. Was für ein Glück!«

Wir rannten zu dem roten Geländewagen hin, der soeben parkte.

»Guten Abend«, begrüßte uns Remmer Klaus, als er ausstieg. »Wollt ihr euch in der Tat auch die Osterfeuer ansehen? Oder wartet ihr auf die Geistergaleere? Sie soll ja in einer knappen Stunde da sein, nicht wahr?« Er lachte.

In kurzen Worten schilderten wir ihm die Lage.

Remmer Klaus wurde ernst. »Aurora Schwartz? Entführt? Und es gibt noch eine Strophe? In der Tat?«

»Ja, aber wir können ihr das Versteck des Schatzes nicht entnehmen«, erklärte Wiebke. »Es steht nur drin, dass Ewald Gnitterslag seinen Schatz, womit seine Liebste, die Grüne Johanna, gemeint ist, in Licht und Asche eingeschlossen hat. Wir glauben, dass er sie verbrannt hat.«

»Das ist ja furchtbar«, murmelte Remmer Klaus. »Aber wer ist denn überhaupt dieser Ewald Gnitterdings? Ich denke, die Grüne Johanna ist im Meer ertrunken und ...«

»Das ist jetzt doch egal«, unterbrach Trix ihn ungeduldig. »Wir müssen jedenfalls so schnell wie möglich auf die Schiete-Insel.«

»Schiete-Insel? Und ihr wollt ... Oh nein, Kinder, oh nein! Ich paddele jetzt nicht mit euch zur Schiete-Insel rüber, nicht wahr? Das ist viel zu gefährlich. Wenn wir uns in der Dunkelheit verfahren und später die Küste nicht mehr finden ...«

»Da haben Sie recht«, sagte Frau Jansen. »Wir müssen uns etwas anderes einfallen lassen. Wir können Käpt'n Flock fragen, ob er uns mit seinem Kutter hinüberbringt. Wartet, ich laufe eben zu seiner Strandbude. Da schenkt er bei den Osterfeuern immer Grog aus. Kommst du mit, Wiebke?«

Wiebke nickte.

Sie liefen los.

»Viel Erfolg!«, rief Remmer Klaus ihnen nach.

Wir warteten.

Und warteten.

»Hoffentlich finden sie diesen Käpt'n zeitnah«, sagte Remmer Klaus.

Das hoffte ich auch.

»Das dauert!«, murmelte Trix.

Remmer Klaus trat von einem Bein auf das andere. »Die feuchte Kälte heute Abend schlägt mir in der Tat ein wenig auf die Blase. Ihr entschuldigt mich kurz, nicht wahr?« Er verschwand hinter einen Busch.

Ich sah ungeduldig auf die Uhr. »Das wird alles viel zu knapp. Käpt'n Flocks Kutter liegt im Hafen, da müssen wir erst noch hinfahren, und von dort ist es viel weiter bis zur Schiete-Insel als von hier aus. Wenn wir zu spät kommen, tut der Entführer Aurora womöglich etwas an.«

Remmer Klaus kam zurück. »So, das wäre erledigt, nicht wahr?« Er sah sich um. »Sind die beiden in der Tat noch immer nicht mit dem Käpt'n zurück?«

»Nein, und die Zeit wird knapp!«, fuhr ich Remmer Klaus an. Schließlich war er daran schuld, dass wir noch hier standen.

»Herr Klaus, Sie haben bestimmt einen Kompass, oder?«, fragte Trix ihn. »Da kann man gar nicht die Orientierung verlieren. Fahren Sie Harald doch bitte schnell rüber.«

Remmer Klaus seufzte. »Ihr lasst nicht locker, nicht wahr? Na gut, na gut. Ich ziehe mir nur eben meine Gummistiefel über. Und dann holen wir das Kajak vom Dach.«

So kam es, dass ich ein paar Minuten später hinter Remmer Klaus in einem Kajak saß. Es war ein winziges Ding. Remmer Klaus und ich hatten Probleme, einigermaßen gleichmäßig zu paddeln. Das Boot geriet immer mehr ins Wanken und schaukelte schließlich wie verrückt. Doch nach einer Weile wurden wir besser und glitten einigermaßen ruhig über das Wasser.

In der Dunkelheit war überdeutlich der schwebende grüne Totenkopf über der Schiete-Insel zu sehen. Es ist ja nur eine Fahne, sagte ich mir, doch die Haare in meinem Nacken schienen nicht zuzuhören. Sie stellten sich auf wie bei einem Stachelschwein, das frisch vom Friseur kommt. Ich klapperte mit den Zähnen.

»Ist dir kalt?«, fragte Remmer Klaus leise.

»Geht schon«, antwortete ich.

Remmer Klaus paddelte schweigend vor sich hin, sodass ich meinen Gedanken nachhängen konnte. Was erwartete uns drüben auf der Insel? Der Geist der Grünen Johanna? Unsinn, sagte ich mir. Unser Gegner war kein Geist, sondern ein gewöhnlicher Entführer – doch der war vielleicht noch gefährlicher. Meinen Notizblock mit der letzten Strophe verwahrte ich sicher in der Manteltasche. Würde der Täter sich damit zufriedengeben und Aurora freilassen?

Schließlich erreichten wir das Ufer der Insel. Um das Kajak an Land zu ziehen, mussten wir ein paar Schritte durch das kalte Wasser waten.

Die Schiete-Insel lag einsam, dunkel und verlassen da.

Ohne ein Wort zu verlieren, begleitete Remmer Klaus mich zum Schiete-Turm. Und ich war froh darüber, dem Entführer nicht ganz alleine gegenübertreten zu müssen.

Als wir am Turm ankamen, war das Geschrei der Vögel ohrenbetäubend.

»Geh du hinein, ich sichere deinen Rückzug«, sagte Remmer Klaus. Er legte mir kurz die Hand auf die Schulter. »Pass auf dich auf, Harald.«

Ich nickte, atmete tief durch und wollte den Turm betreten.

Stattdessen sackte mein Kopf nach vorne, und ich fiel auf die Knie.

Die Welt um mich herum wurde schwarz.

Kapitel 21 🌑

In dem ich eine fesselnde Unterhaltung führe, sehr viel klarer sehe und dabei fast ertrinke.

Kalt, war mein erster Gedanke, als ich wieder aufwachte. *Nass,* mein zweiter. *Unbequem,* mein dritter. Ich lag fest verschnürt auf einem feuchten Holzboden. In meinem Kopf pochte es, als würde eine Großfamilie Spechte darin Geburtstag feiern. Irgendwo kreischten Tausende Vögel.

Wo war ich? In der Nähe des Schiete-Turms … In der Holzhütte neben dem Schiete-Turm?

Verzweifelt bemühte ich mich um Klarheit in meinem Kopf. Wie war ich in diese Lage geraten? Ich hatte mit Remmer Klaus vor dem Schiete-Turm gestanden, und dann …

Nichts. Danach klaffte in meiner Erinnerung ein riesiges Loch.

Das gedämpfte Kreischen der Vögel riss mich aus meinen Überlegungen.

Auf einmal berührte mich etwas Kaltes an der Hand.

Ich schrie auf. »Aaaaaaaaaah, der Geist der Grünen Johanna hat mich gepackt! Hilfe, Hilfe, Hiiiilfeeeeeeee!«

»Beruhige dich, Harald«, sagte eine Stimme. »Ich bin es doch nur. Remmer Klaus.«

»Remmer Klaus? Wurden ... wurden Sie auch niedergeschlagen? Sind Sie ... sind Sie auch gefesselt?«

»Ja, in der Tat. Wir scheinen in eine Falle getappt zu sein, nicht wahr?«

»Wo ist Aurora Schwartz?«, fragte ich.

»Das entzieht sich meiner Kenntnis.«

Mein Rücken wurde immer kälter und nässer. So gut es mit den Fesseln ging, rollte ich ein wenig hin und her. Dabei fiel mir auf, dass der Notizblock nicht mehr in meiner Manteltasche war. Der Täter musste ihn mir abgenommen haben. Er hatte jetzt also die dreizehnte Strophe. Ich kombinierte: Wenn wir das Vesteck des Schatzes fanden, konnten wir den Täter vielleicht auf frischer Tat ertappen und Aurora befreien. Mit aller Gehirnkraft, die ich noch aufbringen konnte, rief ich mir die dreizehnte Strophe ins Gedächtnis. »Ewald seinen Schatz ...«, murmelte ich vor mich hin, »nach Hause in sein Heim ... in Licht und Asche ein ... natürlich!« Das letzte Wort schrie ich.

»Beruhige dich, Harald, nicht wahr?«, sagte Remmer Klaus erschrocken. »Was ist denn?«

»Der Schatz muss in einem Kamin oder Ofen liegen. Die *Maid mit goldnem Haar*, das ist bestimmt der Schatz. Und *in Licht und Asche* – damit ist irgendeine Feuerstelle gemeint, wetten?«

»In der Tat, das ist durchaus möglich! Erstaunlich, ich hätte nicht gedacht, dass es wirklich einen Schatz gibt.«

»Aber wir kommen hier nicht raus, um ihn zu heben«, stellte ich fest. »Kommen … kommen wir hier überhaupt je wieder raus?«

Remmer Klaus hustete. »Ich hoffe es. Denn bei Hochwasser wird die Blockhütte überflutet, fürchte ich.«

Erst jetzt bemerkte ich, dass meine Füße inzwischen komplett im Wasser lagen. »Aber dann ertrinken wir ja!«

»In der Tat«, stellte Remmer Klaus trocken fest. »Aber meine Fesseln sind nicht sehr fest. Ich arbeite schon länger daran, sie zu lösen, und könnte in der Tat zeitnah Erfolg haben.«

Das beruhigte mich etwas.

Während Remmer Klaus daran arbeitete, sich seiner Fesseln zu entledigen, stieg und stieg das Wasser.

»Harald!«, hörte man plötzlich eine Stimme von draußen, und danach noch eine andere: »Harald!«

»Wiebke«, rief ich, »Trix! Wir sind hier in der Hütte!«

Wiebke und Trix ruckelten wie wild am Türgriff – vergeblich. »Es ist abgeschlossen«, riefen sie.

Einen Moment lang war nur das Rauschen des Meeres und das Kreischen der Vögel zu hören. Schließlich zersplitterte eine Scheibe. Ich kombinierte: Trix und Wiebke hatten eine der ohnehin schon brüchigen Fensterscheiben eingeworfen.

Einen Moment später waren sie bei uns und lösten unsere Fesseln.

»Danke, nicht wahr?«, sagte Remmer Klaus. »Aber ich hätte es in der Tat auch bald selbst geschafft.«

»Ich nicht.« Erleichtert und vor Kälte zitternd, setzte ich mich auf.

Dann verließen wir alle das Blockhaus.

Draußen wartete Frau Jansen. »Harald, ist alles in Ordnung?« Sie umarmte mich kurz. »Wie konntest du nur einfach mit Remmer Klaus lospaddeln?«

»Ja, das war vielleicht nicht so schlau«, murmelte ich. *Ein Detektiv macht selten Fehler. Aber wenn doch, muss er sie eingestehen können.* So lautet meine Detektiv-Regel Nummer 30.

Zum Glück unterbrach Wiebke das Gespräch. »Kommt, Käpt'n Flock wartet vor der Insel mit seinem Kutter auf uns.«

Wir liefen durch das inzwischen knöcheltiefe Wasser. Die Zweige der Dornenbüsche schlugen mir gegen die Schienbeine.

»Wir müssen noch nach Aurora suchen!«, rief ich Trix und Wiebke zu. »Nicht dass der Entführer sie auf der Insel festhält.«

»Nicht nötig«, schrie Trix zurück. »Aurora ist wieder da. Sie war nie auf der Insel. Klara und Malte haben Frau Jansen angerufen und erzählt, dass Aurora in einem Gebüsch versteckt war. Passanten haben sie gefunden. Sie war gefesselt und geknebelt und total unterkühlt, obwohl sie unter einer Wolldecke lag. Sie sind gleich mit ihr ins Krankenhaus gefahren.«

Ich war heilfroh, als ich den Motor von Käpt'n Flocks Boot

hörte. Mit einem kleinen Beiboot holte er uns nacheinander an Bord: erst Wiebke und Trix, dann Frau Jansen und mich.

Remmer Klaus blieb als Letzter an Land. »Stopp, stopp, mein Kajak muss mit, nicht wahr? Das haben wir da drüben festgemacht.« Er stakste im Schneckentempo zu der Stelle am Ufer.

»Wird's bald?«, brüllte der Käpt'n.

»Ja, ja, ja.« Remmer Klaus brauchte Ewigkeiten, bis er das Kajak freibekommen hatte. Dann paddelte er damit zum Kutter. »Am besten hängen wir es an und ziehen es hinter uns her, nicht wahr?«

Der Käpt'n schüttelte den Kopf. »Kajak schleppen geht nicht, nä? Schmeißen Sie's einfach rrrein hier.«

Remmer Klaus zögerte.

»Was ist denn los? Rrrein mit Ihnen und dem Kajak, nä?«, rief Käpt'n Flock gegen das Motorengeräusch an.

»Dieser Kutter erscheint mir in der Tat nicht sicher, nicht wahr?«, jammerte Remmer Klaus. »Er wirkt recht alt.«

»Das sieht nur so aus«, rief ich Remmer Klaus zu und erntete dafür einen bösen Blick von Käpt'n Flock.

»Mein Boot hat noch immer gehalten!«, brüllte er. »Rein da jetzt, und zwar zackig!«

Minutenlang redeten wir auf Remmer Klaus ein, aber er wollte einfach nicht einsteigen.

»Wie der Herr wünschen!«, brüllte der Käpt'n schließlich.

»Denn fahren wir eben ohne Sie los, nä? Sie können ja in Ihrer Nussschale heimpaddeln tun.« Er ließ den Motor aufheulen.

»Nein!«, schrie Remmer Klaus und stieg ein.

Wir zogen das Kajak an Bord.

»Geht doch«, knurrte Käpt'n Flock.

Endlich legten wir ab.

Zu sechst war es reichlich eng auf dem Boot. Zum Glück hatte es ein Verdeck, denn es regnete inzwischen schon wieder wie aus Eimern.

»Woher wusstet ihr denn eigentlich, dass wir Hilfe brauchen?«, fragte ich.

»Es hat ewig gedauert, bis meine Mutter und ich Käpt'n Flock gefunden haben«, berichtete Wiebke. »Er war nicht in der Bude, sondern am Strand unterwegs, auf der Suche nach der Geistergaleere. Die ist natürlich nicht gekommen, aber der Käpt'n glaubt ja an so was. Als wir ihn endlich gefunden hatten, sind wir mit ihm zurück zu euch gelaufen – und du warst nicht mehr da. Trix hat uns gesagt, dass du mit Remmer Klaus losgepaddelt bist. Meine Mutter ist fast ausgerastet vor Sorge. Wir haben dich gleich angerufen und dir mehrere Nachrichten aufs Handy geschickt.«

»Tja«, stellte ich fest, »mir waren leider die Hände gebunden.«

Trix nickte. »Als du nicht reagiert hast, waren wir sicher, dass etwas schiefgegangen sein muss. Wir sind mit dem alten Auto von Käpt'n Flock zum Hafen gefahren, in den Kutter gesprungen und losgetuckert.«

Ich warf Käpt'n Flock einen dankbaren Blick zu. Sein Aberglaube nervte zwar, aber wenn es darauf ankam, konnte man sich auf ihn verlassen.

Remmer Klaus schien sich inzwischen wieder beruhigt zu haben. Er saß da und tippte auf seinem Handy herum.

Ich teilte Wiebke und Trix mit, dass der Täter wahrscheinlich meinen Notizblock und damit die dreizehnte Strophe hatte.

Sie seufzten.

»Aber wisst ihr, was mir aufgefallen ist?« Ich erzählte von meiner Idee, dass der Schatz in einem Ofen oder Kamin oder Schornstein liegen musste.

»Ja, das könnte sein«, kommentierte Wiebke.

»Vielleicht finden wir den Schatz tatsächlich noch vor unserem Gegner!« Trix' Augen leuchteten.

Als wir im Hafen anlegten, begann gerade das große Oster-Feuerwerk. Leuchtende blaue, rote und grüne Sterne zerplatzen am Himmel. Fast kam es mir vor, als würden die Raketen zu Ehren unserer Rettung abgeschossen.

Käpt'n Flock brachte uns mit seinem Auto zum Parkplatz am Strand, auf dem der Geländewagen von Remmer Klaus und der Transporter von Malte Schwabbesiefken parkten. Frau Jansen nahm Maltes Auto und fuhr ins Krankenhaus, um nach

Aurora zu sehen. Wiebke, Trix und ich ließen uns derweil von Remmer Klaus nach Hause chauffieren. Wir waren erschöpft und durchgefroren. Ich freute mich darauf, bei einer Kanne heißem Tee in meiner Detektei zu überlegen, in welchem Kamin der Schatz denn nun lag.

Als ich unsere Haustür aufschloss, setzte das Feuerwerk gerade zum großen Finale an.

»Ich werde mich gleich hinlegen, nicht wahr?«, verkündete Remmer Klaus. »Ich bin in der Tat sehr erschöpft. Schlaft gut, Kinder.«

Aber wir dachten gar nicht an Schlafen. Sobald wir trockene Kleider am Leib hatten, gingen wir hinunter in meine Detektei.

Ich öffnete die Tür.

»Herzlich willkommen zu Hause«, ertönte eine weibliche Stimme.

Und es war nicht die Stimme meiner Oma.

In meiner Detektei stand ... Mieke Harms!

Sie richtete eine Pistole auf uns und lächelte. »Von mir aus hättet ihr allerdings noch ein bisschen auf der Schiete-Insel bleiben können.«

Kapitel 22

In dem meine Detektei ein Untergeschoss erhält, meine Familie sich vergrößert und wir in der Tat eine Überraschung erleben.

Noch erschreckender als den Anblick der Pistole fand ich den Anblick meiner Detektei. Es tat mir in der Detektiv-Seele weh: Die Wände waren aufgestemmt! Mörtel und zerbrochene Ziegelsteine lagen herum. Ein einziges Chaos.

»Warum zerstören Sie meine Detektei?«, fuhr ich Mieke Harms an.

Sie antwortete nicht. »Fessele die anderen«, befahl sie und reichte mir mehrere Wäscheleinen.

Voller Wut erkannte ich, dass es sich um die Wäscheleinen meiner Großmutter handelte. So albern es auch war, aber es ärgerte mich in diesem Moment besonders, meine Detektiv-Kolleginnen mit unseren eigenen Wäscheleinen fesseln zu müssen. Ich machte extra lockere Knoten.

»Keine Tricks, zieh die Knoten schön fest.« Mieke gestikulierte nervös mit ihrer Pistole.

Ich seufzte und gehorchte.

Fünf Minuten später saßen Wiebke und Trix verschnürt neben meinem Schreibtisch. Mich fesselte Mieke Harms höchstpersönlich.

Tatenlos musste ich dabei zusehen, wie sie anschließend weiter die Wände meiner Detektei aufstemmte. Genau wie die Wäscheleine hatte sich Mieke auch das Werkzeug bei uns ausgeliehen: Das Stemmeisen, die Bohrmaschine, der Hammer, der Meißel und der große Schraubendreher stammten allesamt aus Magnus' Werkzeugkasten, das erkannte ich auf einen Blick. Schicht für Schicht arbeitete Mieke sich in die Mauer hinein. Langsam bekam ich Angst, dass sie das Fundament unseres Hauses wegbrechen würde. Unsere einzige Hoffnung war Remmer Klaus. Er war oben im Gästezimmer und musste auf diesen Lärm doch aufmerksam werden!

»Sie haben also die dreizehnte Strophe entschlüsselt und herausgefunden, dass der Schatz sich in einem Kamin befindet. Nehmen Sie etwa an, dass er hier bei uns liegt?«, fragte ich Mieke. »Und woher haben Sie die Strophe überhaupt? Aus meinem Notizblock vielleicht?«

Sie reagierte nicht.

»Der Schatz kann doch auch in jedem anderen Kamin liegen«, bemerkte Wiebke.

»Und hier gibt es sowieso gar keinen Kamin«, warf Trix ein.

»Seid still, ich weiß, was ich tue«, keuchte Mieke Harms.

Trix hörte nicht auf sie. »Haben Sie Harald und Remmer Klaus auf der Schiete-Insel niedergeschlagen?«

Die Tür zu meiner Detektei öffnete sich.

Herein kam wie aufs Stichwort: Remmer Klaus!

»Kinder, ich wollte …«

Mieke drehte sich blitzschnell um und richtete die Pistole auf ihn.

»Wie?« Remmer Klaus zitterte. »Was hat das zu bedeuten?«

Mieke Harms ging gar nicht darauf ein. Wortlos fesselte sie ihn, dann stemmte sie weiter die Wand auf.

»Huch!« Plötzlich taumelte sie zurück.

Ein großes Stück Mauer hatte sich gelöst. Dahinter ragte ein dunkler Schacht auf.

Mieke Harms lehnte sich weit hinein. »Ein Hohlraum!« Ihre Stimme hallte, und sie keuchte vor Aufregung. »Man kann hineinsteigen. Das ist es, das ist es. Das alte Haus befindet sich unter dem Keller!« Sie warf uns einen strengen Blick zu. »Ihr wartet hier!«

Es blieb uns auch nicht viel anderes übrig. Wir konnten nur anhand der Geräusche verfolgen, wie Mieke Harms hinunterstieg. Den Flüchen nach zu urteilen, schien sie sich dabei mehrmals zu stoßen.

Dann erschien ein Kopf in der offenen Tür meiner Detektei. »Tut mir leid, dass ich so spät dran bin, Hara…«

Es war mein Bruder Magnus! Innerlich jubelte ich.

Als er uns gefesselt sah, verstummte er. Ich befürchtete schon, er würde in Ohnmacht fallen. Doch er schlich zu uns hin und begann leise, unsere Fesseln zu lösen.

Als Mieke Harms fünf Minuten später aus dem Hohlraum unter dem Keller auftauchte, wurde sie von einem freundlichen Empfangskomitee erwartet. Magnus, Wiebke, Trix und ich waren mit Stemmeisen, Hammer, Meißel und Bohrmaschine bewaffnet. Remmer Klaus hatte sich die Pistole von Mieke Harms geschnappt, die sie unvorsichtigerweise nicht mit auf ihre Keller-Expedition genommen hatte.

»Herzlich willkommen, Mieke«, begrüßte ich sie.

Mieke Harms blinzelte in das Licht. Sie hielt eine eiserne Röhre in den Händen.

Der Schatz!

»Den Schatz können Sie unbesorgt der Detektei Donnerschlag übergeben«, teilte ich ihr mit. »Wir kümmern uns um den Rest.«

Remmer Klaus richtete die Pistole auf Mieke Harms. »Los, tun Sie, was Harald gesagt hat, nicht wahr?«

Zögernd übergab Mieke Harms mir die Röhre. Sie war sehr schwer.

Magnus und Trix fesselten Mieke mit der gleichen Wäscheleine, die sie vorher für mich verwendet hatte.

Wir atmeten auf.

»Das ist ja noch mal gut gegangen«, seufzte Wiebke.

»In der Tat, das ist sogar sehr gut gegangen, nicht wahr?«, sagte Remmer Klaus.

Und richtete die Pistole auf mich!

»Wärst du so freundlich, mir den Schatz zu überreichen, Harald? Ich bin mit der Arbeit der Detektei Donnerschlag in der Tat sehr zufrieden, nicht wahr?«

Mieke Harms lachte auf.

»Aber …«, stotterte ich, »aber warum …«

»Weil der Schatz der Grünen Johanna in der Tat mir gehört«, verkündete Remmer Klaus. »Ich suche ihn seit fünfzig Jahren. Mein Vater hat mich in der Schatzsuche unterwiesen, als ich zehn Jahre alt war. Auch er heißt Remmer mit Vornamen. In meiner Familie erhält in jeder Generation ein Junge diesen Namen. Und die Lebensaufgabe dieses Jungen ist es stets, den Remmer-Taler wiederzufinden.«

»Remmer-Taler?«, wiederholte Trix.

Remmer Klaus strahlte. Dabei hielt er weiter die Pistole auf uns gerichtet. »In der Tat, der Remmer-Taler. Der Schatz der Grünen Johanna besteht nur aus einer einzigen Münze. Aber sie ist riesengroß, groß wir ein Teller. Ein Vorfahre von mir, ein Humbuger Kaufmann namens Remmer Claus, ließ sie im Jahr 1390 prägen, nicht wahr? Er wollte eine größere Menge Gold transportieren. Doch in der Nordsee trieben Piraten ihr Unwesen. Remmer Claus musste befürchten, dass sein Gold den

Seeräubern in die Hände fallen würde. Also ließ er daraus eine sehr große Münze gießen und mit seinem Profil versehen. Auf diese Weise wollte mein Vorfahre wenigstens dafür sorgen, dass er im Falle eines Raubes sein Eigentum zurückbekäme, sofern es später gelänge, die Piraten zu schlagen. Außerdem war die Münze für die Diebe sehr viel schwerer zu verkaufen als ein gewöhnlicher Goldtaler.«

»Und die Grüne Johanna hat sein Schiff tatsächlich überfallen und die Münze geraubt?«, fragte Wiebke.

Ich nickte ihr unauffällig zu. Vielleicht gelang es uns, Remmer Klaus einzulullen.

Tatsächlich redete er weiter. »Ja, der Remmer-Taler fiel ihr in die Hände. Nachdem die Hanse die Grüne Johanna später in der großen Seeschlacht vor Helgoland schlug, wurde das Wrack ihres Schiffes durchsucht. Es war auf eine Sandbank aufgelaufen und leicht zugänglich. Doch der Remmer-Taler war nicht da. Die Grüne Johanna musste ihn bereits vor der Schlacht irgendwo in Sicherheit gebracht haben, nicht wahr? Bisher hat mir ein entscheidender Hinweis gefehlt, aber den habe ich jetzt.« Er lachte. »Dank euch. Es war wirklich nett, dass ihr mir die Strophe besorgt habt, die das Versteck des Schatzes offenbart. Nur schade für euch, dass ihr zu dumm wart, sie zu verstehen. Na ja, es mangelt euch eben an Bildung. *Gnitterslag* ist eine alte Form von Donnerschlag. Ewald Gnitterslag ist ein Vorfahre von dir, Harald.«

Ich schluckte. Gnitterslag – Donnerschlag. Ja, das war möglich! Ewald Gnitterslag hatte die Grüne Johanna geheiratet. Das hieß ja …

»Dann seid ihr mit der Grünen Johanna verwandt, Magnus und Harald!« Trix sprach es aus. »Und ich dachte, du stehst auf der Seite des Gesetzes, Harald.«

»Gesetzlich oder ungesetzlich – das war damals doch gar nicht so klar wie heute«, entgegnete ich. Es war seltsam: Ich wusste erst seit ein paar Sekunden, dass die Grüne Johanna meine Vorfahrin war, und schon verteidigte ich sie.

»Genau«, stimmte mir Magnus zu.

»Aber was haben *Sie* damit zu tun?«, fragte Trix Mieke. »Sind Sie auch eine Nachfahrin von Remmer Claus, dem Kaufmann aus Humbug?«

Mieke Harms schnaubte. »Ich? Eine Nachfahrin von Remmer Claus? Bestimmt nicht!«

»Aber wie kommen Sie dann darauf, nach dem Schatz der Grünen Johanna zu suchen?«, hakte Trix nach.

Mieke Harms schwieg.

»Remmer Klaus und Sie sind Komplizen, stimmt's?«, knurrte ich.

Remmer Klaus wiegte den Kopf hin und her, als müsste er darüber ausgiebig nachdenken. »Sagen wir lieber: Wir *waren* Komplizen. Für kurze Zeit. Das kam so: Als der angebliche Geist der Grünen Johanna zum zweiten Mal über dem Deich erschien, konnte ich mich etwas schneller beruhigen als alle anderen, nicht wahr? Ich war der Erste, der die Deichkrone erklomm. Deshalb sah ich noch, wie diese junge Dame«, er zeigte mit der Pistole auf Mieke Harms, »auf einem Fahrrad davondüste. Später habe ich sie in einem Fisch-Imbiss gefunden und konfrontiert. Sie gab zu, für die zweite Geistererscheinung verantwortlich zu sein. Sie wollte unbedingt das Buch mit den verschollenen Strophen haben. Ich deutete an, dass ich sie als Urheberin der Geistervorstellung entlarven könnte – und schon war sie zu einer Zusammenarbeit bereit. In der Tat hatte ich nie vor, den Schatz zu teilen. Mieke vermutlich auch nicht.«

»Genau. Weil der Schatz meiner Mutter zusteht«, zischte Mieke.

»Ihrer Mutter? Warum denn?«, fragte ich.

Remmer Klaus lächelte und zeigte dabei seine breite Zahnlücke. »Das hat mir die liebe Mieke verraten, nicht wahr? Sie ist die Tochter von Anna Mathiesen, dem fünften Mitglied der Bande der Grünen Johanna.«

»Das Mädchen auf dem Polonaise-Foto, mit den blonden Zöpfen«, murmelte Wiebke.

»Meine Mutter wurde aus der Bande geschmissen, weil die anderen das Versteck des Schatzes gefunden hatten und es ihr nicht verraten wollten«, zischte Mieke.

»Unsinn«, wandte Wiebke ein. »Die anderen haben doch nicht mal an die Existenz des Schatzes geglaubt.«

»Das haben sie behauptet, ja«, zischte Mieke.

»Die gute Mieke«, fuhr Remmer Klaus fort, »sucht den Schatz im Auftrag ihrer Mutter.«

»Die Rolle als Reporterin war also nur Tarnung«, folgerte ich. »In Wirklichkeit sind Sie nach Ruckelnsen gekommen, um sicherzustellen, dass niemand vor Ihnen den Schatz findet.«

Mieke schnaubte. »Ich arbeite wirklich für den *Humbuger Boten*. Aber es stimmt, ich bin aus einem anderen Grund hergekommen. Ich hatte gehört, dass Aurora Schwartz hier mit ihrem neuen Buch *Das Geheimnis der Grünen Johanna* auftritt. Meine Mutter vermutete sofort, dass es in dem Buch auch um den Schatz geht.«

»Und bei der Lesung wurde die Annahme Ihrer Mutter bestätigt«, sagte ich. »Weil Klara zu Werbezwecken den Eindruck erwecken wollte, in Auroras Roman werde das Versteck des Schatzes verraten. Sie haben das geglaubt und alles darangesetzt, vor dem Erscheinunsgtermin am Dienstag an das Buch zu kommen.«

Mieke nickte widerwillig.

»Aber warum haben Sie den Artikel mit den falschen Informationen geschrieben?«, hakte Wiebke nach.

Mieke zuckte mit den Schultern. »Weil dieser Regenmantel-Trottel mir eine super Story geliefert hat. Da konnte ich hier in Ruckelnsen gleich zwei Fliegen mit einer Klappe schlagen:

den Schatz suchen und meiner Redaktion eine gute Geschichte schicken.«

»Und danach sind Sie dem sogenannten Regenmantel-Trottel auf die Schiete-Insel gefolgt und haben so von seinem Versteck in der Blockhütte erfahren«, vermutete ich. »Dort haben Sie die Rauchbombe und den Mini-Beamer mitgehen lassen.«

Mieke Harms grinste.

Ich nahm das als Bestätigung.

»Aber Sie sind nicht zur Übergabe des Buches gekommen«, stellte Trix fest. »Warum? Wegen der vielen Leute?«

»Nein, ich weiß es«, keuchte Wiebke. »Remmer Klaus muss meine verlorenen Zettel mit den Strophen gefunden haben.«

»Gut kombiniert, Wiebke, nicht wahr?« Remmer Klaus grinste. »Sie lagen hier im Flur.«

Wiebke stöhnte. »Wahrscheinlich sind sie mir aus der Hosentasche gefallen, als ich mir die Schuhe angezogen habe.«

»Das ist in der Tat möglich. Damit hatten Mieke und ich die Strophen und brauchten das Buch nicht mehr. Nur dass die zwölf Strophen leider keinerlei Hinweis auf das Versteck des Schatzes enthielten, das war eine herbe Enttäuschung. Mieke wurde richtig ungehalten. Sie war aber überzeugt, dass Klara, Aurora und Malte das Versteck kannten. Deshalb ... na ja, sagen wir es mal so: Wir luden Aurora zu einem kleinen Abendspaziergang ein, damit ihre Schwester Klara eine etwas größere Motivation hatte, den Schatz herauszurücken.«

»Also waren Sie auf dem Weg zur Schiete-Insel, als wir Sie vorhin am Strand getroffen haben«, kombinierte ich. »Um sich den Schatz zu holen, den Klara ja dort deponieren sollte.«

»In der Tat. Aber dann hat sich ja alles anders ergeben als geplant, nicht wahr?«

Trix stöhnte. »Wir haben ihm die entscheidenden Informationen geliefert, indem wir ihm Details aus der dreizehnten Strophe erzählt haben!«

»So ist es«, bestätigte Remmer Klaus.

»Und Sie haben sofort verstanden, was *in Licht und Asche einschließen* bedeutet«, schimpfte Wiebke. »Sie sind nur mit Harald zur Schiete-Insel gepaddelt, damit Mieke hier im Haus freie Bahn hatte und damit wir keinen Verdacht schöpfen.«

Remmer Klaus nickte zufrieden. »In der Tat, so war es.«

»Ich wette, Sie haben Mieke Harms eine Nachricht aufs Handy geschickt, als Sie hinter dem Busch verschwunden sind, weil Sie angeblich mal mussten«, zischte Trix. »Sie haben ihr mitgeteilt, dass sie zum Haus Donnerschlag fahren und den Keller aufgraben soll.«

Remmer Klaus grinste zufrieden. »Und ich habe ihr auch verraten, dass hier für Notfälle stets ein Haustürschlüssel unter einem Blumentopf neben der Tür liegt. Und dies war ja in der Tat eine Art Notfall, nicht wahr?«

»Sie haben mich niedergeschlagen, als wir am Schiete-Turm waren«, kombinierte ich. »Anschließend haben Sie mir den

Notizblock abgenommen, mich gefesselt und sich selbst auch in ein bisschen Seil gewickelt. Sie wollten eine Weile warten, bis Mieke mit der Hebung des Schatzes fertig ist, und hätten dann ihre ›Fesseln‹ gelöst. Hatten Sie vor, auch mich zu befreien?«

Remmer Klaus nickte empört. »Natürlich!«

Trix schnaubte wütend. »Und dann wären Sie mit Harald wieder ans Festland gepaddelt, mit uns allen nach Hause gefahren und hätten beim Anblick der aufgebrochenen Detektei den Erstaunten gespielt. Und wir hätten kombiniert, dass der Täter die Strophe und damit das Versteck aus dem gestohlenen Notizblock kennt.«

»Aber Sie haben nicht damit gerechnet, dass meine Mutter dafür sorgen würde, dass wir so schnell wie möglich hinterherfahren«, ergänzte Wiebke.

»Deshalb wollten Sie vorhin also nicht in den Kutter von Käpt'n Flock steigen«, rief Trix. »Um Zeit für Mieke zu gewinnen.«

»Ja, ihr seid wirklich gute Detektive – eure Schlussfolgerungen kommen nur unglücklicherweise in der Tat etwas zu spät«, sagte Remmer Klaus. Er wedelte mit der Pistole. »Und jetzt her mit dem Schatz. Sonst muss ich leider von diesem Gerät Gebrauch machen. Und das wäre mir in der Tat sehr unangenehm.«

Zähneknirschend übergab ich ihm die Röhre.

»Danke schön. Dann verabschiede ich mich nun. Ich werde die Gastfreundschaft des Hauses Donnerschlag weiterempfehlen, nicht wahr? Hier ist der Gast wahrlich König.«

»Moment!«, rief Mieke Harms. »Sie können mich doch hier nicht sitzen lassen!«

»Doch, das kann ich in der Tat«, teilte Remmer Klaus ihr fröhlich mit.

»Miau!«, kam es in diesem Augenblick vom Kellerfenster.

Remmer Klaus wandte sich um.

Ich nutzte die Chance: »Auf ihn!«, brüllte ich.

Zu viert stürzten wir uns auf Remmer Klaus.

🗝 Kapitel 23

In dem die Grüne Johanna sich selbst zu Wort meldet und ich den Fall zu den Akten lege.

Vier Wochen später standen Wiebke, Trix, Magnus, meine Großmutter und ich in einem kühlen Kellerraum des Humbuger Museums. Ein Restaurator hielt in seinen weiß behandschuhten Händen die Röhre, die Mieke Harms aus dem Hohlraum unter meiner Detektei geholt hatte.

Auch die Museumsdirektorin war dabei und ein Mitarbeiter, der alles filmte.

»Sind Sie bereit?« Die Museumsdirektorin sah uns an.

Wir nickten.

»Dann werden wir die Röhre nun öffnen«, sagte sie feierlich und gab dem Restaurator ein Zeichen.

Sehr, sehr vorsichtig hantierte er mit der Röhre herum.

Lange.

Ungeduldig trat ich von einem Fuß auf den anderen. Doch dann wurde mir klar, dass die Röhre jetzt sechshundert Jahre verschlossen gewesen war. Da kam es auf ein paar Minuten auch nicht mehr an.

»So«, flüsterte der Restaurator.

Die Röhre war geöffnet!

Behutsam holte er den Inhalt heraus: einen goldenen Taler, groß wie eine Untertasse.

»Woow!«, rief Wiebke.

Die Museumsdirektorin atmete hörbar ein.

»Nee, nee, nee, nee, nee!«, kommentierte meine Großmutter.

»Der sieht ja aus wie Remmer Klaus!«, entfuhr es Trix.

Tatsächlich trug die Münze das unverkennbare Profil von Remmer Klaus: ein Gesicht mit einer Nase, die den Anschein erweckte, als hätte sie schon ein paarmal zu oft an der Faust eines Gegners schnuppern dürfen. Das musste in der Familie liegen.

»Hier ist noch etwas.« Der Restaurator zog, sehr langsam und vorsichtig, einen weiteren Gegenstand aus der Röhre: ein Pergament, beschrieben mit kaum lesbaren Buchstaben. Er präsentierte es der Museumsdirektorin.

Sie blickte konzentriert darauf. »Es ist eine Botschaft der Grünen Johanna an ihre Nachfahren.«

»Ach du meine Güte«, flüsterte meine Großmutter.

»Unglaublich«, murmelte Magnus.

Die Museumsdirektorin kniff konzentriert die Augen zusammen. »Das ist nicht leicht zu lesen und zudem auf Latein verfasst. Ich versuche mal, die Worte ungefähr zu übersetzen, ja?«

Wir nickten.

Schweigend las sie die Botschaft.

Lange.

»Der Brief hat folgenden Inhalt«, sagte sie dann:

»Liebe Nachfahren, ich schreibe diese Zeilen, um euch mein Schicksal zu schildern. Ich wurde geboren als Johanna Thies und wurde bekannt als die Grüne Johanna, Schrecken der

Nordsee. Als ich in größter Not war, rettete mich Ewald Gnitterslag. Wir gründeten eine Familie. Meinen Schatz holten wir aus seinem Versteck und vermauerten ihn im Kamin unseres Hauses. Ewald starb mit sechzig Jahren. Ich selbst bin nun in meinem achtzigsten Jahr und spüre mein Ende nahen. Über meine wahre Geschichte habe ich ein Lied gedichtet, das nur in der Familie Gnitterslag weitergegeben wird: Das Lied der Grünen Johanna. Kein Fremder darf es je kennen, denn eine Piratin in der Familie zu haben, würde den Ruf der Familie Gnitterslag zerstören.

So wahre auch du das Geheimnis, Nachfahre.

Walburga Gnitterslag«

Die Museumsdirektorin blickte von dem Pergament auf. »Also hat die Grüne Johanna das Lied selbst verfasst! Vermutlich wusste man in der Familie im Laufe der Jahrhunderte jedoch nicht mehr, dass das Lied der Grünen Johanna von wahren Ereignissen berichtet. Wahrscheinlich wurde es deshalb auch öffentlich gesungen und verbreitete sich. Und wurde allgemein für eine Legende gehalten.«

Wir nickten.

»Dieses Pergament ist mindestens so wertvoll wie der Remmer-Taler«, fuhr die Museumsdirektorin fort. »Beides geht in den Besitz des Landes über. Aber den Findern steht eine Belohnung zu.«

»In der Tat nicht schlecht, nicht wahr?«, kommentierte Trix. »Nur schade, dass Remmer Klaus und Mieke Harms nichts davon haben.«

Die beiden mussten sich vor Gericht verantworten. Miekes Pistole war zwar, wie sich später herausstellte, nur ein Feuerzeug gewesen, aber es kam trotzdem einiges zusammen: Entführung, Erpressung, Freiheitsberaubung, Hausfriedensbruch, Sachbeschädigung und Störung der öffentlichen Ruhe. Und auch Malte würde sich wegen seiner Taten dem Gesetz stellen müssen.

Zu Hause setzte ich mich in meine notdürftig aufgeräumte Detektei und ergänzte meine Notizen.

Die Figur der Grünen Johanna hing wieder an der Fassade des Heimat- und Schifffahrtsmuseums. Käpt'n Flock glaubte, trotz unserer Ermittlungsarbeit, immer noch an den Geist der Grünen Johanna.

Frau Schuhpisser hatte dafür gesorgt, dass die verschollenen Singenden Steine restauriert wurden, und ließ eine neue Broschüre für Urlauber drucken. Sie trug die Überschrift: *Erwandern Sie Ruckelnsens 13 großartige Singende Steine!*

Klara Schwartz war mit einem blauen Auge davongekommen. Anstatt sie für die Geistererscheinung bei der Lesung anzuzeigen, hatte Frau Schuhpisser sie dazu verdonnert, als Grüne Johanna verkleidet Urlauber auf dem Wanderweg der Singenden Steine zu führen.

Die Schwartz-Schwestern, Malte Schwabbesiefken, die Schuhpissers, Frau Jansen und Käpt'n Flock sprachen sich aus und entschuldigten sich gegenseitig für ihr Verhalten als Kinder. Ungefähr eine halbe Stunde lang verstanden sie sich alle richtig gut.

Auroras Buch wurde ein Bestseller.

Meine Großmutter gewöhnte sich langsam daran, dass wir Donnerschlags von einer Piratin abstammen.

Und ich? Ich ergänzte meine Detektiv-Regel Nummer 21: *Ein Detektiv kümmert sich nicht um die Vergangenheit, sondern schaut stets nach vorn. Außer, die Ermittlungen erfordern Gegenteiliges.* Denn ohne einen ausgiebigen Blick in die Vergangenheit hätten wir diesen Fall niemals lösen können.

Dann setzte ich mich an die Schreibmaschine und tippte:

Es war ein Tag wie Aalsuppe: feucht, trüb und voller unangenehmer Überraschungen ...

Jana Scheerer, geboren 1978, lebt und arbeitet in Berlin. Sie schreibt Romane, Kurzgeschichten und Theaterstücke. Ihr erstes Kinderbuch *Als meine Unterhose vom Himmel fiel* erschien 2017 bei WooW Books. Wenn Jana Scheerer sich nicht gerade selbst Geschichten ausdenkt, liest sie gerne Krimis, in denen die Ermittler ihre Hüte tief ins Gesicht ziehen und immer einen lässigen Spruch auf den Lippen haben.

Uwe Heidschötter wurde 1978 in Leverkusen geboren und ist ausgebildeter Animationszeichner. Unter seiner Co-Regie entstand der Animationsfilm *Das Grüffelo-Kind*, und sein Regiedebüt *Der Kleine und das Biest* ist vielfach preisgekrönt. Außerdem illustriert Uwe Heidschötter die beliebten *Kiste*-Comics.

Auf die Detektei Donnerschlag wartet schon der nächste Fall!

Jana Scheerer
Gauner sind unser Geschäft
Aus den Akten der Detektei Donnerschlag (Bd. 3)
Originalausgabe
Mit Schwarz-Weiß-Illustrationen von Saskia Diederichsen
ca. 256 Seiten
€ 14,00 [D] / € 14,40 [A]
ISBN 978-3-96177-074-8

Einem Detektiv ist ja eigentlich nichts peinlich. Doch als Harald in der Schule dazu ausgewählt wird, als Aal verkleidet auf dem Ruckelnser Wagen beim Festumzug der Humbuger Aalwoche mitzufahren, stimmt er nur zähneknirschend zu. Zumindest ist Wiebke als Aal-Prinzessin an seiner Seite, und sogar das Schaf Schnucki MäcGaffin ist mit von der Partie. Als dann beim festlichen Umzug durch die Stadt plötzlich Neptun, der schief singende Opernstar Franco Melone, spurlos verschwindet, ist klar: Das ist ein neuer Fall für die Detektei Donnerschlag! Harald, Trix und Wiebke stürzen sich umgehend in die Ermittlungen. Doch auch der Butler Ortlieb braucht dringend Hilfe. Er hat für mehrere Nachbarn Pakete angenommen und wird nun beschuldigt, sie unterschlagen zu haben. Finden die Detektive den wahren Täter?

Eine ganz schön verrückte Erfindung

Jana Scheerer
Als meine Unterhose vom Himmel fiel
Originalausgabe
Mit Schwarz-Weiß-Illustrationen
von Martina Liebig
192 Seiten
€ 14,00 [D] / € 14,40 [A]
ISBN 978-3-96177-004-5

Das kennt doch jeder: Man sitzt in der Mathestunde, schnippst die Papierkügelchen zurück, mit denen man beschossen wurde – und plötzlich segelt eine karierte Unterhose von der Decke. Kennt man nicht? Aber genau das passiert Robert! Wer konnte denn auch ahnen, dass die neueste Erfindung von seinem besten Freund Pelle solche Auswirkungen hat? Die sollte nämlich eigentlich für Ordnung sorgen …

Haralds Detektiv-Regeln

1. Gib niemals den Hut ab!

2. Ein Detektiv darf nicht die Fassung verlieren, und wenn er sie doch verliert, muss er so tun, als hätte er sie noch.

3. Hinterlasse bei den Ermittlungen keine Fingerabdrücke.

4. Jeder ⌈ ist verdächtig.   ⌈ und jede

5. Alles ist wichtig, bevor es sich als unwichtig herausgestellt hat.

6. Ein Detektiv sollte stets eine Wäscheklammer mit sich führen, denn er muss seine Nase unter Umständen in übel riechende Angelegenheiten stecken.

7. Liste die bekannten Fakten stets schriftlich auf.

8. Streitlust und Rechthaberei sind im Umgang mit Zeugen selten zielführend.

9. Lege dich niemals mit der Polizei an!

10. Ein Detektiv kann nicht immer feinfühlig sein.
    Er muss jede Ermittlungs-Chance wahrnehmen.

11. Ermittle stets allein. Oder mit vertrauenswürdigen Partnern. Und Partnerinnen.

12. Pizza fördert die Kombinationsgabe.

13. Einem echten Detektiv ist nichts peinlich. Er tut, was die Ermittlungen erfordern, ohne Rücksicht auf sein persönliches Befinden.